TILIKUM

Dados Internacionais de Catalogação na Publicação (CIP)
(Câmara Brasileira do Livro, SP, Brasil)

Dias, Manuela
  Tilikum / de Manuela Dias. – 1. ed. – São Paulo: Editora Melhoramentos, 2022.

  ISBN 978-65-5539-383-5

  1. Ficção brasileira I. Título.

22-100703   CDD-B869.3

Índices para catálogo sistemático:
1. Ficção: Literatura brasileira B869.3

Cibele Maria Dias – Bibliotecária – CRB-8/9427

Copyright © 2022 Manuela Dias
Direitos desta edição negociados com Pascoal Soto Serviços Editorias.

Artes de capa e miolo © 2022 Davi Caires
Pesquisa: Aline Maia
Preparação: Cínthia Zagatto
Revisão: Elisabete Franczak Branco
Projeto gráfico e diagramação: doroteia design

Direitos de publicação:
© 2022 Editora Melhoramentos Ltda.
Todos os direitos reservados.

1.ª edição, abril de 2022
ISBN: 978-65-5539-383-5

Atendimento ao consumidor:
Caixa Postal 729 – CEP 01031-970
São Paulo – SP – Brasil
Tel.: (11) 3874-0880
sac@melhoramentos.com.br
www.editoramelhoramentos.com.br

Siga a Editora Melhoramentos nas redes sociais:
 /editoramelhoramentos

Impresso no Brasil

TILIKUM
MANUELA DIAS

☰ Editora **Melhoramentos**

Apresentação

Para evitar mal-entendidos, esclareço que não pretendo desvendar os segredos de "Tilikum", texto interessantíssimo de Manuela Dias, que está agora diante de você, leitor. Porque um dos principais prazeres da leitura da história é penetrar em seu mundo sem saber do que se trata. Adianto, porém, que é um livro que não deve ser lido só com o intelecto, mas com as vísceras.

Não devo revelar quem é Tilikum, o protagonista. Descobri-lo aos poucos é um dos encantos da leitura do livro. Revelo apenas que ele nasceu ao sul da Islândia, ilha remota no Atlântico Norte, da qual só se conheciam a cantora Björk e, graças a Jorge Luís Borges, as kenningar, que são imagens poéticas recorrentes nas epopeias de lá.

As surpresas do livro de Manuela Dias são notáveis. Um dos grandes desafios da vida é a empatia, a capacidade de partilhar a emoção e o mundo com o Outro – esse que nos é desconhecido e de quem nos aproximamos com fascínio e terror. Manuela Dias nos leva a conhecer as entranhas de um outro semelhante a nós em suas afeições, sua violência e sua ternura.

E o faz num exercício ficcional com raros precedentes na literatura – pelo menos na literatura aqui de casa. Não me atrevo a citar exemplos, porque o exemplo desfaz a graça e a singularidade do que é novo.

Quais os limites da razão? Será que nós, os predadores do planeta, merecemos ser chamados de racionais? A discussão desses temas é o pano de fundo de "Tilikum".

Manuela Dias conhece tanto a arquitetura dramatúrgica do humano que é capaz de compreender o que o extrapola. O que há de bestial em nós, e vice-versa, o que há de terno em seres além-aquém de nós. Não bastasse esse dom, Manuela conhece também os matizes dos instintos, as pulsões de vida e de morte presentes nas criaturas que vivem ao nosso redor. Muitos personagens de "Tilikum" experimentam emoções iguais às nossas, ainda que não pertençam à nossa espécie.

Por falar em espécie, uma palavra que recorre durante a leitura do livro de Manuela Dias é o antropoceno, que é a era posterior à Revolução Industrial, na qual nós, seres humanos, passamos a colidir de maneira mais brutal com o meio ambiente. "Tilikum" traz em sua fabulação uma espécie de manifesto contra o novo-velho antropocentrismo delirante, que se julga no direito de devorar tudo o que há à sua volta. O livro, com o perdão do neologismo, é um manifesto cosmoagônico.

Duvido que alguém saia indiferente da leitura. Tilikum se cola à pele. Há nele uma estranheza que raramente se encontra na literatura, a não ser em casos limite.

Por trás da narrativa de Manuela Dias há um ensaio antropológico cujo verdadeiro protagonista é uma forma de opressão. Opressão exercida por nossa espécie que não conhece a si mesma e, por isso, não reconhece o outro. Uma humanidade tão imersa em seu delírio narcísico que só enxerga miragens de si. É esse mundo desprovido de razão e sensibilidade que Manuela Dias denuncia em sua inusitada biografia de "Tilikum". Espero que o leitor se reconheça nessa alegoria, espelho partido em que o humano se revela em seu avesso.

Geraldo Carneiro

Mineiro, poeta, letrista, dramaturgo e roteirista brasileiro.
Em 2016 foi eleito para a Academia Brasileira de Letras ocupando a cadeira 24.

Agradecimentos

Ler para mim sempre foi o encontro com essa voz amorosa e morna da infância que me botava para dormir. Depois, se tornou a chance de travar um diálogo com grandes figuras que eu admiro como Eurípedes, Shakespeare, Nietzsche, A. C. Bradley, Bukowski aquele louco, John Fante, Garcia Marques, Simone de Beauvoir tudo pra mim, Campos de Carvalho, Drummond meu amorzinho, Juan Rulfo, Mircea Eliade, Brecht, Hilda Hilst, Virginia Woolf com seu quarto para si próprio, Reiner Maria Rilke recibi suas cartas, Vinícius de Moraes e seus sonetos, Eric Hobsbawm, Platão dialogando, os estudos de Aristóteles... e sobre tudo Homero, Homero, Homero...

Com os livros, viajei bem acompanhada de seus autores para lugares distantes e outros imaginários, passado, futuro, presentes...

E mesmo vivendo da minha escrita com teatro, TV e cinema desde os 19 anos, nunca me imaginei impressa ao lado de tantos semideuses, autores-amores da minha vida, almas com corpo de livro... Como é emocionante virar livro!

Agradeço de todo meu coração ao meu agente Pascoal Soto que me fez ver um lugarzinho para mim no salão nobre das letras. Muito obrigada a Andréia Sadi, construtora de pontes e sentidos, amiga-irmã, que me apresentou a Pascoal naquele junho de 2021.

Lucas Vianna, meu companheiro e amor, que estava comigo quando tive a ideia de escrever *Tilikum* e que tão interessadamente leu cada trecho desse livro antes de todos, obrigada, meu amor.

A Geraldo Carneiro, meu primeiro exemplo de uma vida de escritor, em sua mesa, fortaleza de livros e exemplo de tanta erudição e generosidade ao mesmo tempo; obrigada, querido, por escrever a apresentação deste *Tilikum*, minha estreia, que, sem você, melhor que fosse um Van Gogh dos livros!

Obrigada à minha mãe, Sônia Dias, que com seu olhar infinitamente parceiro e amoroso sempre faz eu me achar incrível, do rabisco na escola até hoje, sempre comemorando cada passo meu. Helena, minha filha, você está em tudo que eu faço ou deixo de fazer, obrigada por cada dia.

À Melhoramentos, que se empenhou para concretizar todos os desejos que compõe esse livro, sempre com gentileza e engajamento, muito obrigada pela oportunidade!

E a você, que está dedicando tempo da sua vida para ler *Tilikum*... muito obrigada! Sei que sua vida deve estar uma loucura e que todos os dias são puxados... Por isso, espero fazer jus a cada minuto da sua atenção. E ao final, espero que você, meu já amado leitor, esteja incomodado o suficiente para mudar em algo.

Com todo amor,
Manuela Dias

1.

Ter um talento é bom. Ter um talento pode te escravizar. Eu não gosto de tomar remédio, mas tem que tomar. Não gosto. Mas tem que tomar. Hafnarfjörður. Saudades de Hafnarfjörður. Não me lembro de nenhuma esquina de Hafnarfjörður. Mesmo fechando os olhos não vem nada. Talvez seja apenas saudade da minha mãe mesmo. Minha mãe me deu de mamar. Talvez você saiba o que é isso, leite materno. No tempo livre, nós nadávamos juntos por muito tempo debaixo d'água e eu achava que todas as pessoas conseguiam fazer igual. Mas não. Eu sou um *hommo orcinus*. Já gostei de ser quem eu sou, mas faz tempo. E tinha a professora Hanna, que explicava tudo como se fosse simples – Os *hommo orcinus* são seres humanos que têm uma mutação no gene 18. Essa mutação favoreceu o desenvolvimento de um tronco genético, aqui na Islândia. Isso acontece muito: uma terra isolada, com condições extremas, gera uma mutação específica em uma determinada espécie. No caso, a espécie humana. – Mutação 18 – eu repeti baixinho. E a professora Hanna seguiu com a aula. – Normalmente as mutações são ruins, mas essa é boa. – Boa só se for no cu da professora Hanna.

Ah, não! Enfermeiro de novo na janelinha. Remédio. Eu não gosto de tomar remédio. Mas tem que tomar. O barulho da chave girando na fechadura da cela libera cortisol na minha corrente sanguínea e dispara uma corrente elétrica que percorre todo meu corpo. Quem tem a mutação no gene 18 é 29 vezes mais forte do que...

O pescoço do enfermeiro é mais mole do que parece e a cabeça dele quase não fez barulho quando bateu na parede. Desgraçado. Eu não sei exatamente por que eu odeio os enfermeiros se eles estão aqui para cuidar de mim. Na minha situação, é difícil saber alguma coisa com certeza. Mas eu odeio os enfermeiros, isso é um fato.

O chão estava úmido no lugar onde eu caí depois do choque elétrico. Tinha a umidade de uma poça de xixi e suor em um chão de cimento que não era lavado há dias.

– Bota corrente! – *Bota, bota a corrente mesmo. Nos pés, nas mãos, no pescoço. Por que vocês não me matam logo? Será que eu estou pensando ou falando?* – Seja bonzinho. Aprendi em 34 anos de cativeiro que reagir não é bom. Eles te deixam com fome depois disso. Acontece que eu não ligo mais para fome. Eu não ligo mais para nada.

Nenhum enfermeiro arrisca botar a mão na minha garganta para garantir que as pílulas desçam goela abaixo. Só porque eu arranquei, em uma mordida, duas falangetas dos dedos médio e anelar do enfermeiro 24. Injetável é mais seguro.

Fome e escuridão. Desgraçado... Passou a mãozinha no pescoço e apagou a luz da cela antes de sair. Agora vai ser isso. Fome. Escuridão.

E raiva.

Eu não sabia o que era raiva até o dia da captura. Minha mãe e eu estávamos nadando com a família. Na Islândia a água é muito gelada, entre três e seis graus naquela época do ano. A água gelada ativa toda potência da mutação *orcinus* no gene 18. O sangue corre mais rápido nas veias. A oxigenação aumenta, o fluxo sanguíneo se torna alcalino e o cérebro entra em estado de relaxada atenção plena. A sincronia de nado entre mim e minha mãe era total, não existia nada combinado e, mesmo assim, todos os nossos movimentos coincidiam na água. Essa sincronia é também resultado da ação de uma área do sistema límbico que se desenvolveu nos *hommo orcinus* mais do que nos outros humanos, graças à mutação do gene 18.

O sistema límbico nos mamíferos é a parte responsável pelas emoções e comportamentos sociais. Ele compreende todas as estruturas cerebrais relacionadas, principalmente, a comportamentos emocionais e sexuais, aprendizagem, memória e motivação.

Com a mutação no gene 18 uma parte do nosso cérebro se expandiu à direita do sistema límbico. Essa área extra superdesenvolvida é responsável por uma autopercepção coletiva. É difícil explicar como é sentir que seu corpo engloba outros corpos do seu grupo. Mas tenta imaginar... É importante esse exercício de alteridade, se colocar no lugar do outro pode ampliar muito o espectro da nossa experiência neste mundo. E está filosoficamente comprovado que a falta de alteridade é a origem de muitos dos males que vão certamente acabar com a humanidade. Talvez o destino dos homens fosse outro se todos tivessem a mutação no gene 18 e sentissem esse engajamento social. Nós, *hommo orcinus*, temos a consciência do corpo individual, mas ela é ampliada pela sensação física de pertencer a uma comunidade. Por exemplo, um *orcinus* é incapaz – e eu quero dizer fisiologicamente incapaz – de abandonar outro do seu grupo em situação de perigo. Isso acontece porque o nosso sistema límbico codifica a experiência do afastamento de um indivíduo do grupo como a mutilação de um membro. E ninguém abandona um braço ou uma perna. O corpo sentiria falta do membro amputado.

Eu sou o membro amputado.

2.

Será que está de dia ou de noite? Podia ter uma porra de uma janela aqui dentro. Mas para quem está do lado de fora não faz a menor diferença se aqui tem ou não janela. Quanto tempo eles acham que eu aguento sem comer? Eu poderia fazer um show agora para conseguir um prato de comida. Ou até fazer um filho numa mulher que eu nunca vi. Eu faria qualquer coisa agora por um prato de comida. É triste como o instinto de sobrevivência pode ser humilhante.

A cela é pequena. Ao longo dos anos, já medi essa cela diversas vezes de várias formas. São dezessete palmos e quatro dedos da porta até a parede oposta. Ou quatorze pés enfileirados. Se eu abro os braços e dou um passo pequeno para o lado direito, toco na parede com meu dedo médio. O mesmo acontece para o outro lado. Se eu me deitar no chão e esticar os braços, meus pés e minhas mãos tocam na parede. A cela parece quadrada, mas não é. Eu já verifiquei isso muitas vezes. Por exemplo, quando giro deitado no chão – barata morta, barata morta, pocinha de xixi – eu não consigo esticar os braços para cima totalmente. Não é um quadrado perfeito. Nem a simetria eles respeitam.

Eu odeio ser quem eu sou. Maldita mutação. Maldito gene 18. Se eu não fosse eu, poderia ser livre e sentir a pressão da água gelada contra minha pele. Eu tinha muitos sonhos. Não me lembro de nenhum deles. Enfermeiro desgraçado. Estou com fome! Eu posso ser qualquer outra coisa por um prato de comida. A pior coisa que uma sociedade pode fazer é conseguir que você odeie ser como é.

3.

Quando você é diferente, nada melhor do que encontrar seus iguais. Por isso, os *hommo orcinus* vivem em uma pequena comunidade a leste de Hafnarfjörður. Afinal, quem, sem a mutação no gene 18, gostaria de passar horas nadando em um mar a cinco graus Celsius, fazendo acrobacias dentro d'água? Era isso que eu, minha mãe, meus tios, minhas tias e meus primos fazíamos quase todos os dias. Até porque os *orcinus* precisam gastar energia ou não conseguem dormir. E a privação do sono acarreta diversos males ao sistema nervoso central, reduz a eficiência do sistema imunológico e diminui o comprimento dos telômeros, o melhor medidor de saúde genética que existe.

Trancado aqui, sem gastar energia, mesmo com a batelada de remédios que eles me dão, consigo dormir seguindo um ciclo de três dias para uma noite. Sendo que, graças ao envenenamento provocado pela medicação, boa parte do tempo em que estou acordado, me encontro narcotizado o suficiente para confundir a vigília com a transcendência de alguma meditação profunda.

4.

No dia 9 de novembro de 1983, como em quase todos os dias da minha vida de dois anos até então, eu estava nadando com minha família. A pressão da água gelada alisa a pele em alta velocidade. Eu e minha mãe fizemos um mergulho profundo, para depois explodirmos num salto que conseguia passar dois ou três metros da superfície da água. – Parabéns, meu filho! – Essa foi a última frase que eu ouvi de minha mãe antes da primeira bomba estourar na água. Buuummm... E logo outra e mais outra bumbumbummm. Minha mãe olhou para tia Sigrid. Naquele momento, vi nos olhos de mamãe um medo inédito. – São eles de novo! – Tia Sigrid disse o óbvio.

Eu só tinha 2 anos, mas já tinha ouvido falar do meu priminho Jón, que havia sido levado em um barco. Ninguém sabia ao certo para onde Jón fora levado, até que tia Sigrid viu seu filho na TV. O pequeno Jón era apresentado com outro nome, e o comercial anunciava que ele tinha chegado para "animar o show" em um parque no litoral dos Estados Unidos. Bumbumbummm! Eu não conseguia ouvir mais nada do que minha mãe dizia no meio daquelas explosões.

Começamos a nadar o mais depressa possível, mas nem o medo consegue ser mais rápido do que quatro barcos e dois aviões.

Tia Sigrid empurrou mamãe, tia Frida e a boa Hildur na direção norte. Eu estava agarrado em minha mãe, o filho de tia Frida chorava, coitado. O pequeno Oláfur só tinha 1 ano e ninguém está preparado para isso quando tem 1 ano. A boa Hildur tinha 45 anos e também não estava preparada. Ela tinha perdido um filho capturado por eles, mas isso já fazia mais de 15 anos, até que, finalmente, nasceu a minha prima Dagny. Eu era muito ligado à priminha Dagny... Bum! Bummm! Em maior ou menor grau, todos ali sabíamos que eles queriam pegar as crianças para serem adestradas naqueles shows de cativeiro.

Nosso grupo se separou como se houvesse sido combinado antes. Quem não tinha filho seguiu na direção oeste com o intuito de despistar os barcos. E deu certo! Os barcos seguiram o grupo dos adultos que nadava, na superfície, enquanto nós mergulhamos o mais fundo possível, rumo ao norte. Vrummm. Acontece que eles tinham aviões. Vruuuummm. Acontece que, mais cedo ou mais tarde, precisaríamos subir para respirar.

A boa Hildur foi a primeira a precisar de ar, ela subiu junto com a priminha Dagny, e foi aí que os aviões nos localizaram. Mas é errado culpar a vítima. A nossa captura não foi culpa da boa Hildur, aquela filha da puta que precisou de ar.

Buuummm!

CAPTURA

Os aviões também lançavam bombas, e aquilo desorienta qualquer um. Não demorou para que os barcos abandonassem o grupo dos adultos e viessem atrás de nós. Eu consegui ver a barriga das lanchas e do cargueiro debaixo d'água. Hélices a toda velocidade.

Todos precisamos respirar, mais cedo ou mais tarde. Subimos os sete juntos, respiramos e ainda tentamos despistar, mas a rede já estava aberta por baixo d'água. Nadar para onde? Dois barcos tinham aberto a rede dentro d'água e estavam nos rodeando.

Clausura.

O grupo dos adultos, que tinha fugido para oeste, nos alcançou naquele momento. Um *hommo orcinus* nunca abandona outro em perigo. Eles poderiam ter fugido, mas não, ficaram do outro lado da rede, gritando, gritando. Gritando como se aqueles gritos pudessem mudar alguma coisa. Bum! Bum! *Por que eles seguem com as bombas se já estamos presos?* Lembro de ter pensado isso. Mamãe me agarrava com uma força de quase machucar. Bum! Uma bomba explodiu bem ao nosso lado e um zumbido arrebentou meu tímpano. – Cadê minha mãe? Mãe? Mãe! Cadê todo mundo? – Eles passaram minha mãe para o outro lado da rede. – Zuiiiimmmm. Meu filhoziiimmmm... – Eu não conseguia entender nada do que minha mãe dizia. Nada de nada.

Até que, quando foi possível me dar conta de alguma coisa, eu estava preso na rede com meus primos. Só as crianças do lado de dentro. As mães do lado de fora. A priminha Dagny me olhava como se eu pudesse fazer alguma coisa, mas eu estava tão apavorado quanto ela. E o pequeno Oláfur não via mais nada, estava machucado e sangrando pela cabeça. – Meu filho! Soltem meu filho! Ele só tem 2 anos, seus monstros!!! – mamãe gritava, mas os homens maus eram bons em ignorar o sofrimento alheio. Na verdade, pude perceber que pairava um certo ar de vitória no barco. – Mãe!! Não deixa eles me levarem!! – Coitada da minha mãe. Sei que é vergonhosa a autopiedade, mas... coitado de mim também. E não digo coitado de mim hoje, aqui, preso nesta cela do hospital psiquiátrico. Este "eu" de agora já não me desperta piedade. Quando digo que sinto pena, é de mim ali, com 2 anos, sendo separado de minha mãe... Ali, eu ainda tinha a chance de ser alguém; ali, eu tinha amor; ali, eu tinha mãe.

Os homens em cima do barco apontaram para mim. – Aquele ali! – Até que, vupt, eu senti uma argola me agarrar pelo pescoço. Tentei me debater, fugir, gritar, mas quanto mais me agitava, mais a argola apertava. – Eu não consigo respirar... – tentei dizer. – Não! Meu filho não!! – Minha mãe nadou até o barco para o qual estavam me levando, tentou subir, mas os homens bateram nela. Porrada na cabeça. Facão na mão. Dois dedos de mamãe caíram decepados para dentro do barco. Na terceira paulada, a cabeça de mamãe abriu e o sangue jorrou. – Cuidado, mãe! Foge! Foge!

– Foge! – Essa foi a última palavra que eu disse para minha mãe, mas queria ter dito "eu te amo mais que tudo".

Eles me colocaram em uma rede, totalmente amarrado, voltado para o mar. Minha priminha Dagny e o pequeno Oláfur boiavam, mortos. Um dos homens maus desceu, vestido de mergulhador. Abriu o corpo da minha priminha Dagny com um punhal curto, o encheu de pedras e prendeu uma âncora no pezinho dela. Enquanto a priminha Dagny afundava, o mergulhador cortou o pequeno Oláfur. Encheu a barriga dele de pedras, âncora no pé, e o pequeno Oláfur ganhou a imensidão azul, como se seguisse a priminha Dagny.

Na hora, fiquei aliviado por mamãe não assistir aqueles monstros fazerem o mesmo comigo. Pensei que a priminha Dagny e o pequeno Oláfur não haviam tido a mesma sorte que eu, de estar amarrado naquela rede, imobilizado. Os dois dedos de minha mãe no convés. Hoje sei que meus primos tiveram muito mais sorte do que eu. A morte não é sempre a pior opção.

Vocês não têm como fazer isso comigo sem se tornarem uns monstros. Vocês não têm como fazer isso comigo sem se tornarem uns monstros. É um consolo besta pensar isso. Mas na minha situação, qualquer consolo alivia.

5.

– Tilikum!
Aqui, eles me chamam de Tilikum, mas esse não é o meu nome. Minha mãe me chamava por outro nome. Eu tive um outro nome... Quando bato a cabeça na parede com força, quase chego a me lembrar, mas, antes que a primeira letra apareça, quando a recordação está prestes a vir... pum!, me foge. Mas eu sei que tive um nome na minha terra, um nome que minha mãe me deu. Aqui, eles me chamam Tilikum. Se ao menos eu pudesse dizer qual é o meu verdadeiro nome... aí, sim, eu poderia protestar.
– Tilikum! Já está satisfeito com o castigo ou quer mais?
– Nunca sei o que responder para o enfermeiro quando ele me pergunta isso. *Ah, sim. Eu estou satisfeito como um empalado está satisfeito com o cabo de vassoura enfiado no cu, seu enfermeiro filho da puta!* Eu queria responder isso, mas disse apenas. – Sim, estou satisfeito. – Então ótimo! – disse ele, acendendo a luz da cela.
Depois de dois ou três dias no completo breu, a luz entra como uma faca no seu olho. – Está com fome? – pergunta o

enfermeiro. Fome era a única coisa que eu ainda conseguia sentir. – Nós sabemos que você está doente. Sabemos que você é um doente. Mas nenhum comportamento violento com a equipe do hospital será tolerado. Você consegue entender? É importante que isso fique claro. – Sim, isto estava bem claro. E eu também espero que esteja claro que eu serei violento.

6.

Durante o traslado de Hafnarfjörður até os Estados Unidos ninguém falou comigo. E faz falta um "oi". Eles não me olhavam, eles me examinavam. Os olhos nervosos em busca de alguma coisa estranha em mim, alguma dica na minha anatomia da mutação no gene 18. Eles queriam uma prova física de que eu era diferente o suficiente para ser tratado de forma desumana. Mas acontece que a mutação dos *hommo orcinus* não se revela em nenhum sinal aparente. Eu sou apenas um ser humano, diferente como todos os outros. Eles viam isso, porque é evidente. Acontece que eu valia tanto dinheiro que saber que sou humano não foi motivo suficiente para que agissem de outra maneira.

Para uma pessoa que pode nadar até 50 quilômetros por dia, a uma velocidade média de 5 quilômetros por hora, uma cela de 2 metros e 78 centímetros quadrados é um caixão. Eu estava enterrado vivo e, mesmo assim, nunca pude imaginar que meu funeral duraria tantos anos.

Às vezes, eu tinha a impressão de ouvir os gritos da minha mãe. Quão longe eu estaria dela agora? – Mããăeee! Mããăeee... me salva! – Gritar não ajudava e me fazia chorar até que os soluços me deixavam sem ar. – Eu estou aqui! Aqui! – Esse "aqui" que eu falava era um engodo, um artifício retórico do desespero de uma criança de 2 anos, porque eu não tinha a menor ideia de onde estava. Aliás, esse "eu" em breve também seria um artifício retórico.

Tilikum está vazio.

– Não adianta chorar, Tilikum. – disse o homem que entrou pelo corredor para o qual dava a grade da minha cela. *Do que ele está falando? Eu preciso abraçar minha mãe. Onde está a boa Hildur? Para que lado fica a minha casa?* – Meu nome é Byrne, – continuou ele –, eu sou o treinador dos shows de *orcinus*. – Impossível entender o que esse homem diz! *Do que ele está falando?* – Eu estou aqui para cuidar de você. – E o desconhecido sorriu. – A gente vai se divertir muito juntos, vamos fazer vários números maravilhosos. Eu vou fazer de você uma estrela, Tilikum. Como você é lindo e fofo! – *Será que Tilikum sou eu? Não tem mais ninguém aqui.* – Com o tempo você vai se acostumar – seguiu Byrne. – Nós temos poucas regras e são simples. Eu tenho certeza de que dentro dessa cabecinha tem inteligência suficiente para aprender tudo. E rápido. Você só precisa ir bem no show e vai ter tudo que precisa.

É assim que começa. Primeiro arrancam tudo de você. O segundo passo é transformar em prêmio aquilo que era seu por direito. Sua casa, sua liberdade, seu nome. E então começa um longo processo no qual você dá, pouco a pouco, o que restou de si, até precisar abrir mão daquela fina malha de personalidade que ainda recobre a sua pele para que ela não se esvaia. E quando você já está todo em carne viva chega a hora de abdicar do tempo e se instalar no vazio. Isso tudo por um prato de comida.

– Mas não se preocupe, Tilikum, eu vou te ensinar e vai dar tudo certo. Ai, que vontade de te esmagar de fofura... – Byrne bateu uma foto minha. – Não chora, não, lindinho. Tá com fome, tá? – Depois de perguntar isso, Byrne me deu comida. Minha fome era maior do que a vontade de protestar. Comi. Eu mastigava a comida junto com a voz da minha mãe dizendo o quanto ela me amava. Então, engoli a comida, engoli o choro, engoli a autoestima. Era tudo muito condimentado, quase picante.

Byrne fez minha cama, mostrou alguns brinquedinhos que ele balançava no ar, apagou e acendeu a luz de cabeceira algumas vezes; mostrou como tudo funcionava bem ali na cela. Byrne tocou na minha cabeça e fez um cafuné. Byrne queria que eu gostasse dele. Mas eu sabia que aquilo não era um cafuné, era um suborno. E ninguém gosta de ser subornado. Apesar da propina ter seu valor, ela corrói pela falta de mérito. Acontece que, quando você tem 2 anos de idade e acaba de ser arrancado dos braços de sua mãe, da sua família, da sua terra, você aceita suborno. Passei a querer me apegar a Byrne.

– Aqui nós usamos um método de treinamento baseado em estímulos positivos, Tilikum. Eu nunca vou bater em você nem vou te maltratar. – Byrne disse isso e sorriu. Porém, quando alguém diz que não vai bater em você, o que essa pessoa está realmente querendo dizer é que ela pode bater em você. Ou, ainda, que ela baterá em você se for preciso. E que, ao fim, poderá bater tanto em você, até que isso se torne a regra. Eu sorri de volta. Crianças aprendem rápido sobre o que é esperado delas. Por isso, o adestramento voltado para performances públicas requer que os "artistas" comecem o treinamento o quanto antes. E se para isso eles precisarem ser afastados de suas mães, ainda em estágio de lactação, fazer o quê?

Parece que o *orcinus* que ocupava a cela antes de mim morreu em decorrência de alguma bactéria no pulmão.

7.

Byrne. Byrne. Byrne.

Minha vida se resumiu por meses a interagir com Byrne. Apenas com ele eu podia sair da cela e passear, nadar. Nadar é bom. Finalmente eu podia esticar os músculos, fazer o sangue girar e girar pelo meu corpo e estar vivo! Descer até o fundo do tanque e subir, a toda velocidade, para explodir no ar. E fim da manobra.

Comida?

Não.

Byrne me olha estático por três segundos. Frieza é o pior. – Não faz isso... Fala comigo, mãe. Quero dizer, Byrne... – Byrne segue calado por três segundos, Byrne tem a cara da fome. Da minha fome. Mas numa coisa aquele treinador estava certo, eu era mesmo um garoto inteligente aos 2 anos. Aprendi rápido que o "show" não era uma expressão da minha vontade, ou da alegria por estar em movimento. Não, o considerado show, ali, era uma sequência de truques que exaltavam a submissão dos meus talentos aos comandos de Byrne. E cabia a mim aprender esses truques para não morrer de fome.

8.

Hoje em dia, eu quase não sinto fome. Consigo passar dois dias sem comer com facilidade. A doença me deu essa liberdade. Pois é, eu estou doente. Finalmente, algo grave. Infecção bacteriana nos pulmões. Não deve demorar muito agora.

9.

Dia de ensaio era dia de muita comida. Byrne gira a mão, eu rodopio. Byrne levanta a mão, eu salto. Byrne pula na água, eu o carrego e jogo para cima. Às vezes, eu odiava Byrne.

Até que acabaram os ensaios. Byrne me desejou boa sorte, me abraçou como se me amasse. Depois, acenou para o caminhão gradeado que me levaria até meu novo cativeiro.

Eu havia sido vendido pela segunda vez.

A viagem entre o centro de treinamento e o parque de shows não foi ruim. Mesmo com o sacolejo da estrada, a paisagem planava pela pequena janela da caçamba do caminhão, como se alguma coisa pudesse acontecer de repente e mudar a minha vida para sempre. O mundo parecia tão grande... Por que havia sobrado para mim um lugar tão tenebroso?

Nem toda a riqueza do novo parque amenizava a minha condição, mas a cela era bem maior. A princípio, pensei que todo aquele espaço seria para mim, até que elas entraram.

Haida e Nootka eram duas *hommo orcinus* jovens, atléticas e bem treinadas. O tipo de mulher que qualquer um fica tentado a domar.

Eu tive medo delas.

Com Byrne, eu tinha aprendido o beabá da coisa, mas agora eu estava na arena. Os treinos eram exaustivos, dez, doze horas por dia dentro d'água. E toda a comida que recebíamos era racionada segundo o sucesso nos números.

Acontece que eu não conhecia os truques, mas Haida e Nootka eram craques. Keltie era o nome da nova treinadora, e a interação de Haida e Nootka com os comandos de Keltie era espetacular!

A plateia também parecia adestrada. O público reagia em perfeita sincronia aos comandos do animador de plateia, uma figura que ficava de costas para o tanque e reconhecia os números do show pela cadência da música altíssima. A plateia sabia bater palmas ritmadas, se levantar formando uma onda, e exclamar "ohhh" em uníssono.

Se não fosse pela minha atuação, o show teria sido perfeito! Mas eu errava. E errava. E errava outra vez. Os erros eram meus, os castigos, coletivos. Erro meu, fome de três. Doze horas sem nenhuma comida.

Quando Keltie fez os últimos três segundos de expressão neutra, Haida e Nootka me olharam de uma forma que incluía ameaça. Entendi imediatamente o que aquilo queria dizer. O auxiliar de Keltie abriu a porta que dava para o corredor. Era o sinal de que deveríamos voltar para a cela. Famintos.

TREINOS

A primeira vez que fui espancado por Haida e Nootka não foi a pior. O pior é que nada daquilo teria fim. – Eu só tenho 4 anos, sou novo aqui! Desculpa! – Soco, soco, mordida, chute. – Ai! Meu ombro está sangrando, minhas costas! – Eu gritava, chorava, implorava. Mas não adiantava. Elas não queriam ter pena, elas queriam ter comida. E para isso eu tinha que acertar os truques do show.

Haida sabia dar liberdade à força que tinha.

Eu, até aqueles dias, nem sabia que era possível socar uma criança na barriga. – A gente está com fome por sua culpa! Você é idiota ou o quê? Não entendeu? Um apito, salta. Dois apitos curtos, gira, gira. Um apito longo, outro curto, salta e gira. – Haida me acertava um chute a cada preciosa dica sobre os treinos. – Eu vou melhorar! Eu juro! – Eu faria qualquer coisa para que elas parassem, mas acabei desmaiando.

10.

No dia seguinte, quando Keltie abriu a cela, eu estava coberto de arranhões e hematomas. – Meu Deus! O que fizeram com você? – Por um segundo, achei que Keltie estivesse preocupada comigo, mas não. – Bem no dia da gravação do comercial! Eu não acredito nisso... – Keltie disse isso e ligou para o que entendi ser o chefe dela. – Tilikum está todo machucado, Edwin. Não sei, deixa eu ver. – Ela correu os olhos pelo meu corpo infantil, contabilizando os machucados. – A perna está ruim. Acho que precisa de ponto e tudo. O rosto? – Keltie olhou para o meu rosto. – Não, no rosto não tem nada grave. Pois é, foi o que eu pensei. Que sorte, né? Então, vamos manter a gravação. O resto, com certeza, dá para cobrir com maquiagem. Eu vou acionar a Margareth.

– Elas não vão mais fazer isso com você, Tilikum. Pode deixar que, mais tarde, eu vou falar com Edwin. Existe outra cela no final do corredor. É bem menor que essa, talvez um quinto do tamanho ou menos, mas vai ser toda sua. – Eu devia ter protestado. *O quê? Eu vou ser trancado em um cubículo por causa dessas duas? Elas que me bateram, Keltie, elas que cruzaram o limite, elas que fiquem confinadas na cela do final do corredor, que tem um quinto do tamanho.* Mas eu não disse nada. Keltie não parava de lamentar a situação. – Tinha que acontecer justo no dia da gravação do comercial? Justo no dia da gravação! – A que gravação Keltie estaria se referindo? – Hoje é um grande dia, Tilikum. Não vamos deixar que Haida e Nootka estraguem isso, está bem? Você vai aparecer na TV! Todo mundo está ansioso para conhecer o novo garoto *orcinus* que chegou ao parque! – Ela olhou para os lados, se certificando de que Haida e Nootka não estavam por perto. – A verdade é que os shows apenas com elas duas já estavam ficando repetitivos e o que garante o sustento do parque são os visitantes recorrentes. É preciso fazer com que o público volte, entende? E Edwin está apostando tudo em você para isso.

Você custou caro, Tilikum!

Keltie disse aquilo como quem cobra retorno por um investimento. Como se eu tivesse que fazer um show melhor já que o parque pagara caro pela minha compra. Keltie disse aquilo como se eu tivesse optado em algum momento por ser capturado e vendido, ou como se eu tivesse ficado com parte desse dinheiro. Mas Keltie não achava nada disso, porque ela *sabia* que nada disso era verdade. Ou seja, Keltie me dizia aquilo mesmo tendo a certeza de que eu sou a única pessoa que nunca lucrou nada com essa negociação. Keltie sempre soube que eu sou, e sempre serei, o produto.

11.

– Oi! Nós somos a família Peterson, de Detroit! Passamos um dia maravilhoso no parque com Tilikum! – Essa era a fala da atriz que fazia o papel de mãe no comercial. Depois, era a vez da menina dentuça, com maria-chiquinha no cabelo, falar. – Eu gosto da parte que Tilikum molha todo mundo! – Ela dizia isso e tinha que dar um "iupiii!", acompanhado de um pulinho com os braços para cima. Foi preciso repetir essa parte muitas vezes. A menina chorou e tudo mais para dar o tal pulinho. A minha parte era fazer os truques quantas vezes Keltie mandasse. Pelo que entendi, o rapaz da câmera e o outro, que todos chamavam de diretor, eram bastante exigentes e viam detalhes invisíveis aos outros leigos.

A única coisa que me ocorria, a cada repetição, era que aquilo talvez fosse uma oportunidade. Afinal, tinha sido em um comercial de TV que a tia Sigrid reconhecera meu priminho Jón, depois que ele foi capturado. Talvez minha mãe me visse na TV. Será que ela iria me reconhecer? Se minha mãe soubesse onde eu estava, talvez ela viesse à minha procura. Ai, como eu queria poder conversar sobre isso com Keltie...

Não especialmente para dividir minha esperança com ela, mas apenas para lhe dizer que ainda restava alguma esperança em mim. Mas não fiz isso.

Não se deve compartilhar seu sonho de liberdade com quem guarda as chaves da cela.

Margareth, de fato, era a melhor maquiadora da cidade e fez um bom trabalho cobrindo meus hematomas. Toda a equipe do comercial foi muito simpática comigo. Todos eram muito bons em fingir que não sabiam que eu estava ali contra a minha vontade. Tão bons que eu acabei retribuindo os sorrisos. Tinham sido poucas as chances de ser simpático desde a captura... e eu era uma criança simpática por natureza! Além do mais, quanto mais simpático, mais comida me davam. Quando a câmera se aproximava, me pediam para sorrir. Nessa hora eu pensava que minha mãe poderia ver aquele comercial, e eu queria que ela me visse sorrindo. Quando eu sorria, eles me davam mais e mais comida, doces, biscoitos e toda espécie de guloseimas. E então eu sorria mais.

De noite, trancado na pequena cela no final do corredor, vomitei tudo. E nunca soube se minha mãe chegou a ver o tal comercial.

12.

O tempo não passa dentro de um cativeiro. Da infância até a pré-adolescência, da infância até agora. Qual é a diferença? Os dias indistintos misturam os detalhes vivos na minha memória seguindo a ordem de um mosaico improvável.

Eles dizem que estou em cativeiro há 32 anos, sendo que eu tinha 2 anos quando fui capturado. Dizem que, depois de tanto tempo preso, eu não me adaptaria à vida livre. – Você não saberia se cuidar nem se alimentar, muito menos gerenciar a própria vida! Tilikum, se você soubesse como é difícil tomar conta da própria vida, veria que estar aqui tem muitos lados positivos. O livre-arbítrio é supervalorizado na nossa sociedade meritocrata, mas se você pensar por outro lado, ele também é uma maldição. A responsabilidade de estar escolhendo, escolhendo tudo o tempo todo... É exaustivo!

Não é curioso? Com o tempo, a pessoa presa se torna dependente do próprio cativeiro. E quando você realiza essa verdade, o sonho de ser livre perde a força de te manter vivo. Segundo Keltie e Edwin eu morreria fora do cativeiro. Mas qual seria a diferença, se eu já estou morto aqui dentro?

13.

Um dia Keltie entrou na minha cela mais cedo do que o normal. A simpatia profissional deveria ter limites, mas não tem. E Keltie sorria muito. – Hoje vamos fazer uma coisa diferente, Tilikum! – Diferente é ruim, diferente não é bom. Se Keltie estivesse falando de um evento positivo para mim, ela teria sido mais específica, teria dito algo como: hoje vamos fazer uma coisa maravilhosa, Tilikum. Mas, não, ela disse "diferente", e diferente é ruim.

xy.

Tenta. Você fica de pé com as pernas um pouco afastadas. Os braços para cima, formando um X. Corda amarrada numa mão. Corda na outra. Por segurança, amarra os pés também. Chute dói.

Entrou um enfermeiro na cela, trazendo uma pré-adolescente *orcinus*. Nessa época eu devia ter uns 16? Talvez 17 anos. A menina devia ter 15 ou, na pior das hipóteses, 13 anos.

– Não se assuste que não vai doer. Talvez te dê até algum alívio, Tilikum. Você deve estar apertado aqui nessa cela. – Keltie sabia me deixar sem resposta sobre as coisas com sua forma idiota de ver o mundo.

O enfermeiro era um desconhecido. Ele entrou na cela de jaleco, carregando uma maleta branca, e não levantou os olhos na minha direção. Pela primeira vez, senti alívio em ser ignorado. Fazia tanto tempo que não me tratavam feito gente que aquela conduta ao menos mantinha certa coerência.

Então, o enfermeiro abaixa minhas calças e passa óleo na mão. Depois, pega o meu membro de forma muito profissional, e começa. Pra lá, pra cá. Aperta, afrouxa. Eu queria tanto não corresponder. Àquela altura, já podia imaginar claramente a intenção daqueles dois. Pra lá, pra cá. Pra lá, pra cá. Estou quase. Keltie percebeu que meus músculos do abdome estavam entrando em espasmos característicos do clímax sexual. Ela pegou a garota, a virou de costas para mim, inclinou o tronco dela para a frente, numa oferta constrangedora. O enfermeiro apontou meu membro para a vulva da pré-adolescente, enquanto Keltie a empurrou na direção contrária. Rapidez e precisão. A única coisa que vinha à minha cabeça é que aquela menina podia não estar em idade reprodutiva adequada. E foi assim que nós dois perdemos a virgindade. Ao som dos soluços da menina, de quem eu nunca soube o nome. Ouvi dizer que ela era de outro parque e foi transferida de volta após a inseminação, mas não resistiu às complicações do parto e teria morrido.

Ganhei uma porção extra de comida. Mas sobrou.

14.

Foi assim que perdi o pouco de confiança que tinha em Keltie. Comecei a ver minha rotina, que antes parecia preenchida por afazeres e recompensas, como uma sequência de oportunidades para protestar. Perdi a vontade de fazer qualquer coisa com perfeição. Depois dos shows, resistia ao máximo para voltar para a minha cela. Isso foi resolvido colocando a comida lá dentro e me deixando com fome suficiente para que, depois de algum tempo de protesto, eu cedesse.

Minha rotina consistia em ficar trancado das 5 horas da tarde às 10:30 da manhã do outro dia, sozinho. Uma cela de 2 metros e 40 centímetros quadrados, com suas paredes de metal acústico, com seu isolamento sonoro a mais de 90%, te oferece a oportunidade de ouvir seu próprio coração.

Ininterruptamente.

Tum-tum. Tum-tum. Cada batimento é um verdadeiro milagre composto de dois movimentos: contração e relaxamento. Tente visualizar a beleza desse balé cardíaco. O sangue venoso, pobre em oxigênio, entra no coração pelo lado direito. Ele lota uma enorme sala cardíaca chamada, devidamente, de átrio direito. Ou seja, sala de entrada, interna. Quando o átrio direito fica cheio o coração se contrai. Essa contração faz com que a válvula tricúspide se abra e o sangue flua para uma outra sala chamada de ventrículo direito. Esse é o movimento de contração chamado sístole. Tum. Aí, começa o segundo movimento, de relaxamento. A válvula pulmonar se abre e o sangue flui do ventrículo do coração para dentro dos pulmões! É lá que ele se enriquece de oxigênio. Isso é a diástole. Tum. Mas calma, não acabou! Esse sangue, renovado, pronto para a vida, volta para o coração pelo lado esquerdo, onde ele enche o átrio esquerdo. Quando essa sala fica lotada, acontece o quê? Uma nova contração que abre a válvula mitral, liberando o fluxo sanguíneo para o ventrículo esquerdo. Tum. E aí? Um novo relaxamento aciona a válvula aórtica, que libera o sangue oxigenado de volta para o corpo. Tum. Agora, atenção, você percebeu que cada sístole coordena dois fluxos de sangue? Um que vem do corpo e outro que vem dos pulmões? E que cada diástole libera também dois fluxos? Um que vai do coração para o pulmão e outro que sai do coração para alimentar o corpo? Você é capaz de perceber agora a beleza extrema desse balé? Ele aconteceu pela primeira vez no seu vigésimo primeiro dia de vida após a fecundação, ainda dentro da barriga de sua mãe. E assim segue o coração. Tum-tum. Contrai e relaxa. Tum-tum. E segue batendo, contraindo e relaxando. Tum-tum. Até o último suspiro. É tão lindo que chega a ser sagrado.

O corpo faz a parte dele. A vida deveria ser ininterruptamente sagrada.

Com o tempo, a audição se apura e você se torna capaz de ouvir o som de suas vísceras digerindo a última refeição. E, nos momentos em que meu pensamento se calava, eu era capaz de ouvir o ar passando pelas minhas fossas nasais, sendo aquecido e filtrado pela mucosa e pelos pequenos pelinhos do nariz. Dali, eu podia ouvir o ar seguir para a faringe, depois para a laringe e então para a traqueia. Na traqueia, era nítido o som do fluxo de ar se ramificando em dois brônquios que dão acesso ao pulmão. Assim seguia, contínua, minha gaita de fole pulmonar. Foram dias, semanas, meses, anos, nessa sinfonia de mim.

15.

A endoscopia seguida de lavagem estomacal é feita através de uma cânula, introduzida pelo esôfago até o estômago. Além de filmar, a cânula conduz cerca de quatrocentos mililitros de um líquido que provoca náuseas. O objetivo é culminar com um vômito contínuo, muito dificultado pela presença da própria cânula. O objetivo é esvaziar a minha barriga de um silicone usado para revestir as pequenas junções das placas de aço. Pode parecer maluquice, e talvez fosse mesmo, mas eu dei para comer os tais silicones. Eles causavam uma infecção estomacal crônica que Keltie e o enfermeiro tratavam de forma paliativa, já que eu não conseguia evitar esse mau hábito.

Primeira morte

É de se esperar que dentro de uma rotina tão rígida como a de um cativo, em condições diárias idênticas, eternamente, os dias fossem iguais. Mas não são. No dia 20 de fevereiro de 1991, eu acordei indisposto. A endoscopia havia machucado minha garganta, que insistia em manter um sabor metálico, não importava o que eu comesse ou quantas vezes escovasse os dentes. E a digestão também estava preguiçosa, para dizer o mínimo, e mesmo assim eu não conseguia parar de arrancar e comer os malditos pedacinhos de silicone.

– Você não vê que isso está te fazendo mal, Tilikum? Por que continua? – a enfermeira dizia isso tentando imprimir preocupação genuína com a minha saúde. Ela queria que eu pensasse que se importava comigo, para além de suas obrigações profissionais. Porém, quanto mais ela insistia na pergunta, mais aparente ficava a irritação que ela sentia. E só mais um pedacinho de silicone não iria fazer diferença. Afinal de contas o comportamento deles também me fazia mal e eles também continuavam.

– Show time!

Keltie gostava de anunciar assim que era hora do espetáculo. A animação insistente de Keltie irritaria qualquer um.

– Show time! Show time!

Errar na hora do show pode ser fatal. Não se deve errar na hora do show, Keltie. Você mesma me ensinou isso. Ainda mais depois de me recompensar com metade do combinado de comida após um triplo carpado voador espetacular como esse que eu acabei de dar!

Keltie escorregou tão devagarzinho que eu tive tempo de sorrir. Àquela altura, Keltie me conhecia o suficiente para saber que aquele sorriso não era um bom sinal. Ela sabia que jamais conseguiria soltar o pé que eu havia agarrado. Os gritos de espanto que vinham da plateia compunham uma espécie de trilha de terror para Keltie, mas para mim soavam como aclamação épica. "Ohhh! Ohhh!".

Show time!

Levei Keltie para o fundo. Haida e Nootka ficaram a princípio surpresas, mas elas também já tinham passado muita fome na mão de Keltie e rapidamente a surpresa foi substituída por excitação. Quando passamos por Haida, ela aproveitou para chutar a perna de Keltie. Êpa! Não, não. Ninguém encosta um dedo em Keltie. A vingança é uma coisa muito particular.

Nadei com Keltie pelo fundo do tanque. Seu olhar era

PRIMEIRA MORTE

um grito de socorro na minha direção. *Ah, agora você quer compaixão, sua vaca? Agora você quer ser uma igual? Não. Nós não somos iguais. Você é a pessoa que tranca a minha cela todas as noites. E eu sou a pessoa que fica trancada.* O tanque do parque decadente tem oito metros e meio de profundidade. Você já desceu a oito metros e meio de profundidade? A água pressiona deliciosamente todo seu corpo e a sensação de unidade é tão plena, tão plena que eu chego a lamentar nessa hora por quem não tem a mutação no gene 18, porque essas pessoas não aguentam a pressão. Por isso está saindo sangue dos ouvidos de Keltie. Os tímpanos já eram. Vi Keltie ameaçando apagar. *Não, não, Keltie... Nosso objetivo é fazer um espetáculo inesquecível para esse público maravilhoso.* "Ohhh! Ohhh!" *E é exatamente isso que nós vamos fazer hoje.* Levei Keltie para a superfície.

– Eu não quero morrer. – disse Keltie. *Porra, Keltie, diga algo mais original. Essas podem ser suas últimas palavras. A Humanidade não espera ver o medo na hora final, e sim exemplos de sabedoria, superação e altruísmo.* – Eu não quero morrer!! Socorro!! – *Keltie era tão lugar comum. Vamos mergulhar, Keltie!* Eu poderia ter avisado isso antes de puxar Keltie para o fundo, mas não avisei. Bati Keltie no fundo do tanque. O corpo humano pode se comportar com a leveza de um chicote quando segurado pelo pé e balançado na água no fundo de um tanque de oito metros e meio de profundidade. Trrrááá. Alguns ossos se quebraram. Uma corrente brutal de endorfina, adrenalina e dopamina preencheu minhas veias. Estava acontecendo alguma coisa ali, alguma coisa inesperada, e é assim que a vida deve ser. Há quantos anos eu não me sentia vivo?

Os outros treinadores e ajudantes se agitavam na borda do tanque. A sirene de segurança se juntava à plateia, que reagia a cada movimento com "ahhhs" e "ohhhs" como nunca havia acontecido antes. *Keltie, nós somos um sucesso! Pena que não vamos conseguir repetir esse show juntos, por motivo de óbito ainda antes do número final.*

Meu improviso era tão genuíno que parecia ensaiado quando eu mordi o cabelo de Keltie e ao mesmo tempo puxei seu pescoço na direção oposta. "Ohhh!" Escalpelada ao vivo! Nenhum ponto na trajetória da simpática e medíocre Keltie apontava para um final tão glorioso! Na arquibancada os seguranças começaram a dispersar o público que insistia em fotografar e filmar. A morte é o maior show da vida. Por mim, eu teria devolvido o corpo de Keltie para a equipe, mas Haida e Nootka ainda queriam acertar algumas contas e eu deixei que se divertissem. Não que elas mereçessem, mas Keltie, sim.

16.

A repercussão do show foi fantástica. Eu e Keltie ocupamos boa parte dos noticiários por dias. Conseguiram até fazer uma edição emocionante da monótona vida da minha falecida treinadora. Pela TV, conheci toda a família de Keltie. Ela tinha um irmão mais velho, que morava do outro lado do país, e uma irmãzinha com alguma síndrome, que devia ter no máximo 12 anos. A mãe de Keltie chorando me lembrou minha mãe. Taí uma coisa que não me havia ocorrido antes: Keltie tinha uma mãe que iria chorar. Naquele momento, senti uma espécie de solidariedade mística por Keltie. Mas passou rápido.

Fiquei alguns dias trancado. O funcionário da cozinha se aproximava com o prato e me olhava como se "eu" fosse o monstro ali. Ele tinha medo de que eu notasse seu medo e tentava sorrir antes de empurrar o prato pelo chão e fechar a portinhola de grades o mais rápido possível.

17.

Clic, clic. Acordei com uma mulher fazendo fotos minhas, sem pedir licença ou fazer qualquer introdução. Mesmo depois daquele espetáculo de vontade própria que eu dei com Keltie, eles insistiam em me tratar como se eu não fosse alguém.

A fotógrafa usava flash, foi por isso que eu acordei. Ela estava acompanhada de Hernandez, um tratador gente boa, baixinho e gordinho, que estava sempre com as bochechas vermelhas como se tivesse tomado sol. – Se você puder tirar a roupa e ficar só de sunga ajudaria muito, Tilikum. – disse Hernandez. – Claro, Hernandez. – Certamente, eu queria ajudar, sempre fui uma pessoa de perfil colaborativo. E ninguém falava comigo desde o incidente com Keltie.

Para que seriam aquelas fotos?

A fotógrafa agradeceu a Hernandez e saiu. Para mim, nenhum olhar. Hernandez ficou ali e, inesperadamente, se sentou ao lado da grade da minha cela, medindo a distância segura.

– Sabe, Tilikum, eu cresci em Juárez. Você nunca deve ter ouvido falar, mas é uma das maiores cidades do México. A cidade mais próxima de Juárez fica no Texas e se chama El Paso, já ouviu falar? El Paso já apareceu em alguns filmes. E Juárez já foi classificada como a cidade mais violenta do mundo, mais violenta até do que Gaza, na Palestina. Imagina isso, Tilikum. As pessoas se matando no meio do nada... Sim, porque Juárez é um deserto. As pessoas costumam imaginar um lugar apenas quente quando falamos de deserto, mas a maior dificuldade não é só o calor extremo. O difícil mesmo é que de dia fica muito quente e de noite fica muito frio. Em Juárez a temperatura é de 46 graus Celsius de dia para menos 23 à noite. Tem noção do que é isso, 60 graus de amplitude térmica? Por isso que quem nasce no deserto já nasce diferente. Você abre a torneira e a água sai tão quente que queima sua mão. Minha mãe não me deixava sair de casa. Aquilo me deixava louco... Eu te entendo. No caso, é como se eu fosse a sua mãe agora e te deixo trancado aqui. Entende? – Não. Eu não estava entendendo um caralho do que Hernandez dizia. Mas era refrescante pensar em qualquer coisa que não fosse eu mesmo. – Entendo, claro que entendo, Hernandez! – respondi. – Agora, eu vou sentir saudades e ao mesmo tempo ficar feliz, como minha mãe ficou quando eu me mudei de Juárez. Ela sabia que eu teria uma vida melhor longe de lá.

Assim como você vai ter uma vida melhor longe daqui. Mas que eu vou sentir saudades, eu vou.
– Do que você está falando, Hernandez?
– Você vai para um parque muito melhor, Tilikum! Lá eles têm tanques maiores para o show, e, ao invés de uma cela, você vai ter quase um apartamento inteiro. E você não precisa se preocupar, porque o pessoal daqui fez de tudo para abafar o... o incidente com Keltie... aquilo que você fez. – Hernandez tinha dificuldade em definir o que sentia por mim quando pensava em Keltie. Por um lado, ele tinha pena de mim e por outro sabia que eu tinha cometido um assassinato, e sabia que Keltie tinha uma mãe, que havia chorado por ela. Como a mãe de Hernandez chorara por ele em Juárez e como minha mãe... ah, como minha mãe havia chorado por mim em Hafnarfjörður. Como é preciso que as mães chorem!

A boca de Hernandez começou a se mover produzindo sons mudos. Ele era uma boa pessoa o Hernandez, às vezes me dava uma porção extra de comida. Mas ele não podia me contar que eu havia sido vendido pela terceira vez, como se isso fosse uma boa notícia. Ser vendido nunca é bom. Não importa o tamanho do tanque ou da cela do maldito novo parque. O que Hernandez estava realmente me dizendo era que eu sou visto e tratado como uma mercadoria, que a sociedade está habilitada por alguma espécie de pacto sinistro e silencioso a me tratar como propriedade privada. Se aquele gordinho se aproximasse mais um pouco das grades, eu poderia agarrar seu pescoço e arremessar sua cabeça contra os ferros, até que o sangue viesse dar o tom.

Uma vez preso, só veem a sua individualidade quando você se torna violento. É assim que a violência começa a se tornar uma boa opção.

18.

No novo parque, ninguém parecia saber sobre o incidente com Keltie. Pela primeira vez, agradeci pelo baixíssimo nível de informação da população em geral. Ali, todos eram muito bonzinhos comigo.

Quando você chega a um lugar onde ninguém te conhece, ganha uma nova chance de reconstruir sua imagem pública. Mas essa reconstrução, para ter efeito, não pode trabalhar na casca. Não. A mudança para um novo lugar é como um portal para um novo eu, que está dentro de você, se manifestar. Esse Novo Eu não cometeu tantos erros quanto o antigo, o Novo Eu tem a consciência leve. O Novo Eu é bem-humorado, releva as coisas. Ele é inteligentemente distraído com o que precisa não ver. Por isso, o Novo Eu dorme melhor e sua pele está sempre fresca. Tudo isso faz com que a sociedade trate o Novo Eu com simpatia e até um certo amor social.

Eu queria ser o mocinho. Eu queria ser bom. Eu queria ser novo e receber sorrisos de quem quer que passasse pela frente da minha nova cela. Era só uma questão de sufocar toda a fúria acumulada pela vida de merda que o Antigo Eu havia tido até ali.

19.

Mãos amarradas, pés amarrados. Um enfermeiro impessoal e eficiente. Dessa vez, ele me fez ejacular em um potinho, que foi rapidamente congelado em nitrogênio líquido. Aquele ritual se repetiu diariamente por cerca de dois meses ou dois anos.

É difícil saber o tempo exato, mas vingaram dez bebês.

Quem me contou isso foi uma *orcinus* que estava com sua filha de 1 ano e 3 meses na cela ao lado. Nós não conseguíamos nos ver, mas podíamos nos ouvir, sobretudo se eu subisse na cômoda que ficava no banheiro e ela falasse através do basculante de ventilação.

A mulher se chamava Katina, ou pelo menos era assim que a chamavam por ali. Katina havia nascido em cativeiro e era jovem, 20 anos talvez, mas ela não sabia precisar. Ela também não sabia quem era o pai da criança, mas isso não desviava seu amor materno por Kalina. As duas faziam shows juntas.

Será que Kalina era minha filha? Preferi não dividir essa dúvida com Katina, até porque nós nem nos conhecíamos e seria estranho ter uma filha juntos. Ah, e como esses nomes próximos me confundiam! Não só a mim, mas aos enfermeiros que algumas vezes trocavam prescrições.

Seja como for, o público fica altamente comovido com o show quando este inclui crianças, ou até bebês. Ficam tão comovidos que não lhes ocorre que nós não estamos ali por vontade própria. Os *orcinus* adultos e inclusive os bebês sofrem privações para aprender os truques do espetáculo. Mas Katina não se importava com nada que não fosse sua filha Kalina; por isso, no dia que levaram a filhote, ninguém no parque conseguiu dormir graças aos gritos da mãe pela filha. Analistas e médicos, depois, constataram que eram gritos de longo alcance.

Eu não queria ser egoísta e pensar na minha própria tragédia, mas, em algum lugar, havia um estranho conforto em imaginar que minha mãe também me amasse tanto assim, e que ela tivesse gritado por mim... Katina levou dias gritando, e chamando, e gritando. Até que parou. Teria minha mãe também parado de me chamar a essa altura? Já tinham se passado tantos anos. Quantos?

Será que minha mãe teve outro filho, como a tia Sigrid teve o pequeno Jón? Eu não queria ser egoísta, mas, quando você está no fundo do poço é inevitável que se torne um pouco mau-caráter e eu me dei a liberdade de desejar que, se esse irmão existisse e estivesse brincando com minha mãe, enquanto eu estava trancado aqui... Eu desejava ardentemente que, se existisse um irmãozinho ocupando o meu lugar, que ele fosse capturado numa rede e que morresse. Eu queria que os homens maus abrissem sua barriga, a enchessem de pedra e amarrassem uma âncora que o levasse para o fundo do mar. Desculpe se a minha capacidade de legalizar meu lado sombrio fere você, mas, quando se está no fundo do poço, é difícil desejar o bem a quem quer que seja. Mesmo minha mãe eu queria que sofresse. Ela era a única pessoa que ainda podia fazer alguma coisa por mim, e tudo que ela podia fazer era manter meu lugar de filho vazio ao seu lado. Poucos dias depois, Katina também foi vendida.

Durante alguns dias acordei pensando nos dez bebês que tinham vingado. Será que Kalina é minha filha?

20.

Foi logo depois disso que parei de me mover. Um dia, abri os olhos e não havia estímulo capaz de mexer mesmo que fosse o menor dos músculos do meu corpo. Satisfiz a vontade de urinar ali mesmo onde estava. Mesmo piscar os olhos era coisa de extremo empenho, então eu os deixava cerrados. Quando, por algum acaso do sistema simpático ou parassimpático, eles se abriam, eu os abandonava abertos. Isso podia provocar algum lacrimejamento a ser confundido com choro, mas não. Meu sistema límbico estava instalado em um colapso provocado pela solidão. Os médicos especializados se reuniram e constataram que só havia um remédio conhecido para aquele mal.

21.

Chegou Gudrum.

Não posso dizer que nossa história mereça o título de romance, mas nos fizemos companhia por um tempo. Gudrum não tinha charme, mas tinha presença. Ela estava ali, ela existia. Para mim, Gudrum era intimidante demais para ser sexy. A qualidade de sedução precisa demonstrar alguma falta a ser preenchida pelo outro, uma certa ausência que seduz, qualquer lacuna que nos solicite. Mas Gudrum era compacta, completa. Naquele momento, não me importei. Eu tenho faltas suficientes para preencher sozinho as lacunas de qualquer relação.

Eu e Gudrum nunca chegamos a falar sobre o assunto, mas estava implícito que o objetivo do parque com o nosso encontro era formar uma família feliz para tomar parte nos shows.

Uma noite, dormimos mais próximos e a carência terminou o serviço.

Alguns meses depois, nasceu Nyar. Rapidamente a bebê foi incorporada a um número no show. Seria um exagero de eufemismo dizer que nós formávamos a desejada família. Éramos, no máximo, uma coleção.

22.

Nyar não nasceu com saúde. Gudrum sabia disso. Aquela mulher não era uma moça nascida em cativeiro como Katina. Gudrum estava inteirada das coisas da vida. Por isso, ela tentava afogar Nyar durante alguns números, mantendo-a por mais tempo do que um filhote aguenta debaixo d'água. Gudrun fazia isso de forma calculada para que os treinadores não percebessem, sabia que estava sendo vigiada e que dificilmente entenderiam a força de seu instinto materno naquele momento. Eu notei desde a primeira vez as intenções secretas de Gudrum, e os treinadores também não demoraram a notar.

Nyar ficou morando comigo e Gudrum foi afastada para a cela vizinha. Questão de segurança. Eu me dava muito bem com a pequena. Uma criança sempre anima o ambiente com aquela vozinha fazendo perguntas óbvias que nos fazem repensar conceitos complexos. – O que é isso? O que aquilo?

O que é o amor? O que é a vida, papai?

Ela disse "papai".

Eu tentei fazer com que Nyar não visse quando levaram o corpo de Gudrum. A mãe ficou muito doente logo que a afastaram da filha. Eu não me culpo. Nem sequer tive tempo de ver a doença e ensaiar algum protesto. Gudrum era objetiva. Morreu rápido.

Pensei mais em Gudrum depois de morta do que quando estava viva. A seca Gudrum também tinha sentimentos. Debaixo da máscara brava, de cenho sempre franzido, existia um mar. Por um bom tempo, me tornei obsessivo em pensar sobre esse tipo de gente que, de tão sensível, precisa se proteger atrás de uma grossa carapaça, seca e cheia de espinhos. A pobre Gudrum. Contou até o último dia com a minha incapacidade de perceber o quanto ela era sensível. A minha insensibilidade secou Gudrum para mim.

Como entender o sentido dessa sequência de acontecimentos? Gudrum queria matar Nyar para salvá-la de uma vida de sofrimentos. Mas, ao tirarem a filha de seus braços, Gudrum morre. Teria ela morrido se tivesse se afastado da filha cumprindo, com as próprias mãos, a sina fatal? Hipótese considerada ou não... Morre Gudrum na falta de Nyar e morre Nyar na falta de Gudrum. Só as tragédias nunca morrem.

23.

Depois que Nyar foi levada com pneumonia súbita e aguda, nunca mais voltou. Pode ser um detalhe ou talvez, dada a minha condição, até uma frescura de minha parte, mas nunca ouvi naquele parque qualquer palavra de consolo sobre a morte da minha primeira esposa e minha filha. Claro que o consolo dos funcionários não restituiria a vida à Gudrum e Nyar, mas demonstraria qualquer humanidade da parte deles para comigo. O que, na prática, não faria nenhuma diferença na minha vida, já que a cela continuaria trancada. Fosse como foice. Tudo estava acabado. E só então percebi que estava chorando. Só agora estava claro para mim que eu e Gudrum tínhamos sido casados por mais de dois anos. A linda Gudrum.

24.

Luto.
A imobilidade tomou conta da minha cela de forma absoluta. Os treinadores tentavam me animar a qualquer custo. Porções extra de comida, antidepressivos, mais antidepressivos, médicos me visitavam, fisioterapeutas, mas eu seguia imóvel. Às vezes, por um dia inteiro. Minha imobilidade ultrapassava o olhar, eu estava imóvel por dentro.
Nada.
Duas vezes por semana faziam extração de esperma, mas nem isso me provocava qualquer coisa. Estado de anestesia geral, apesar das câimbras ocasionais. Sentir câimbra era a única coisa que me lembrava: *você está vivo*.

Segunda morte

Impossível saber quanto tempo fiquei parado. Desleixo leva a mais desleixo. Mais abandono leva a mais abandono. Xixi no colchão, cheiro do xixi, cheiro nenhum. Eu não sinto nada. Existe uma liberdade mórbida em não se importar com nada. Querem mais esperma? Podem pegar. Querem me limpar? Que limpem. Minha higiene pessoal, nessa época, dependia do quanto de sujeira os treinadores e médicos conseguiam suportar.

Até que, no dia 6 de julho de 1999, um jovem de 27 anos entrou na minha cela pelo buraco da ventilação. Depois, vim a saber que seu nome era Daniel P., então podemos chamá-lo dessa forma, sem risco de erro.

Estava de noite. Tinham me dado um banho, raspado meu cabelo e feito minha barba. Dia de faxina na cela. Desinfetante floral.

Eu estava imóvel na cama, quando ouvi algo que se aproximava pelo duto de ventilação. Existe uma habilidade no cérebro de todo ser humano que se chama dispositivo de detecção de agente. Este dispositivo faz parte do nosso sistema de alerta e, ao longo do processo evolutivo, foi decisivo para selecionar quais dos nossos ancestrais deixariam descendentes. O dispositivo de detecção de agente é responsável por identificar qual a natureza de um ruído ou imagem, a fim de reconhecer um possível perigo ou predador. Quando escutamos um barulho qualquer, nosso cérebro dispara um complexo sistema de análise e comparações para identificar o agente daquele ruído. É o canto de um passarinho? É o cachorro raspando a porta para entrar? Ou um ladrão arrombando a maçaneta? Ou, por exemplo, aquelas duas manchas pretas escondidas entre os arbustos são os olhos de um possível predador? Ou apenas duas cavidades em um tronco que o acaso organizou lado a lado? Do ponto de vista evolutivo, é uma vantagem imensa que o dispositivo de detecção de agente seja, digamos, paranoico. Pois, é melhor se preparar para o ladrão entrando e verificar que é apenas o cachorro que arranha a porta do que presumir que é o cachorro e ser surpreendido pelo ladrão.

 O barulho no duto ativou meu sistema de detecção de agente, que começou a descartar hipóteses: claramente que o que se aproximava não era um animal pequeno, como um rato. Não. O barulho da massa em movimento indicava algo bem maior. Mesmo sem que eu me importasse pessoalmente com aquela investigação sináptica, meu dispositivo de detecção de agente seguia disparando possibilidades. Um cachorro? Uma capivara? Eu tinha ouvido alguém falar algo sobre capivaras na redondeza do parque... Depois de tudo terminado, até me lembro de pensar "por que não imaginei que poderia ser uma pessoa"? Mas quando pensei isso, já era tarde demais.

Só entendi que era uma pessoa quando vi os dedos e Daniel P. brotarem dos buracos paralelos retangulares da grade do basculante de ventilação. Os dedos agarraram as grades por dentro e a empurraram para fora com movimentos secos e potentes. A grade caiu no chão produzindo um som metálico. Daniel P. pulou para dentro da minha cela. Ele estava muito animado, talvez até drogado. Eu segui imóvel de olhos abertos.

– Tilikum! Eu não acredito... – Daniel P. falava e rodeava a minha cama. – Tilikum, Tilikum! Você não sabe como eu sou seu fã, rapaz! Já assisti diversas vezes ao seu show. E por sua causa, hein?

E, compartilhando comigo essa informação desimportante, Daniel P. tocou no meu braço.

Eu não precisava de mais nenhum motivo para agarrar aquele idiota pelo pescoço e atirar seu crânio contra a parede. Porém, para isso, eu teria que me mover, e essa possibilidade estava fora de cogitação. Ele não merecia tanto esforço. Se pelo menos ele parasse de falar... mas, não, Daniel P. gostava de falar. – Olha, o espetáculo não é o mesmo sem você. Faz falta o número final, quando você entra e molha todo mundo... As duas outras *orcinus* que estão aí são boas, mas não se comparam... Elas não têm a sua magnitude, saca? Eu estou até pensando em cancelar a minha assinatura do parque. Porque eu tenho assinatura há uns três anos. Eu sou muito seu fã! Mas, sem você no show, não está valendo a pena. Você deveria dizer pro seu chefe. Fala pra ele que eu falei isso, pro seu chefe. Chefe? *Eu não tenho chefe, eu tenho dono, seu idiota. E, se você pudesse perceber a chance que eu estou te dando de fugir por aquele buraco, antes que eu estraçalhe todos os ossos que existem no seu corpo e te use para descarregar a ira acumulada ao longo de anos neste cativeiro de merda... Se você pudesse perceber tudo isso, você correria....* Eu podia ter dito isso para Daniel P., acontece que, para isso, mais de doze músculos do meu rosto precisariam entrar em ação, além da língua e todo o sistema de cordas vocais que seria acionado pelo ar necessário para criar os sons.

Segui imóvel.

Daniel P. começou a andar ao redor da minha cama e examinar o meu corpo. Ele queria tanto seguir falando que ignorava a minha falta de resposta. – Você é muito maior do que eu imaginei vendo os shows, Tilikum! De perto é outra coisa! Muito mais forte... Mas faz calor aqui dentro, hein? Deviam te tratar melhor. O que é que há? Você é uma estrela! – ele disse isso e tirou a blusa. Aquilo me causou espécie e uma descarga de cortisol foi injetada na minha corrente sanguínea, mas Daniel P. não percebeu nada porque estava muito ocupado com a própria excitação. – Até que é bem legal aqui na sua cela! – Ao dizer isso, meu visitante desconhecido se deixou cair no chão, para a frente, com um movimento único, e começou a fazer flexões, enquanto seguia falando. Para mim, não ficou claro se ele queria se exibir ou se expor ao ridículo. – Sabe, eu acho que eu sou um *hommo orcinus*. – *Oh, não... Eu não estava ouvindo aquilo!*. – Ou eu sou um *hommo orcinus* ou então existe alguma outra coisa de muito especial em mim. Repara. – Daniel P. fez flexões com uma mão só e depois com a outra, contando. – Um, dois, três... – e seguia, muito orgulhoso de si mesmo – ... onze, doze... Hein? Sou ou não sou forte? Você reconheceria se eu fosse um *orcinus*, Tilikum? Fala aí! Você saberia dizer? Minhas qualidades são muito avantajadas, quer ver? – Não, eu não queria ver. Daniel P. tirou as calças e depois a cueca. – Toda a minha anatomia é exagerada. – Ele disse isso e começou a alisar seu membro. Como eu queria que Deus existisse naquele momento, apenas para fazer com que Daniel P. parasse de existir. – Olha pra mim, Tili! – Segui imóvel, e o egocêntrico e incansável visitante se posicionou de forma a entrar na direção do meu olhar inerte. – Olha, Tilikum, olha... – Daniel P. fazia questão de usar as duas mãos para alisar seu membro, para cima e para baixo, como se uma mão não bastasse. Mesmo assim, achei que não valia a pena quebrar minha imobilidade. Alguma hora ele pararia. Decidi naquele momento que não mataria Daniel P. Mudei de ideia no momento seguinte. – Qual é o problema com você? Está me ignorando por quê? Por acaso, você se acha superior? – Ele me disse isso e pááá! Daniel P. me deu um tapa na cara.

No dia seguinte, disseram nos jornais que Daniel P. tinha morrido de forma acidental, mas não. Eu matei aquele idiota. Não houve pausa entre eu estar imóvel e estar sobre Daniel P. mordendo sua bochecha até arrancar um pedaço de carne, que engoli.

Na noite daquele 6 de julho, pude confirmar que o masseter é mesmo o músculo mais forte do nosso complexo sistema muscular. Eu levantava e girava Daniel P. no ar apenas com a força da minha mordedura! Claro que o giro diminui o peso da massa, porque se estabelece um vetor de força centrífuga na direção do movimento. Mas o fato é que passei um bom tempo testando a força do masseter. Quantas voltas ele aguentava? Eu girava e girava e giraria mais se a carne de Daniel P. não tivesse cedido, rasgando e se soltando do pedaço principal. Depois até disseram nos jornais que eu havia comido a "vítima". Puro exagero. Aconteceu que o que ficou na minha boca, eu engoli, mais por praticidade do que outra coisa. E nessa, comi diversas partes de Daniel P., inclusive seu suposto avantajado membro. Não por qualquer espécie de fetiche, mas porque, naquele exercício de segura e gira, morde e gira, o membro me serviu em algum momento de alça para *grip*.

Uma coisa eu lamento, não ter percebido o instante exato em que Daniel P. morreu.

25.

O clima pesou um pouco no parque depois daquele 6 de julho de 1999. Na manhã seguinte, os funcionários tiveram medo de entrar quando viram minha cela pintada daquele vermelho cor de vinho que o sangue adquire depois de derramado. O corpo de Daniel P. estava esquecido debaixo da minha cama e todos estavam assustados demais para se aproximar. Por isso o resgate demorou. Mas é claro que, no noticiário, jogaram a culpa em mim, dizendo que eu não queria devolver o corpo e todas essas baboseiras que a imprensa inventa para dar conta de explicar o desconhecido de todo evento dentro de uma notícia.

Sei que pode soar muito mal, mas o incidente com o visitante desconhecido me deu uma revigorada. Quando a vida não tem mais nada a oferecer, a morte acaba se tornando uma fonte de motivação – ainda mais quando a morte é alheia.

26.

Hoje em dia, a única morte que me anima é a minha própria.

25 de novo.

Fui, mais uma vez, afastado dos shows. Os tratadores me olhavam com uma mistura de medo e desprezo. Nem um nem outro me afetavam. Não esperava nada mais de ninguém ali no parque. Eu já tinha entendido que, mesmo com os treinadores, não existia afeto. Existia fonte de renda.

Segundo 26.

Eu valho dinheiro. Até hoje, mesmo doente, diagnosticado como louco, aqui nesse hospital, eu valho dinheiro. Pode parecer pouco, levando em conta a vida de merda que eu levo, mas valer dinheiro é quase tudo que você precisa para que te mantenham vivo e perdoem suas falhas. Se você é capaz de gerar lucro, não tem problema. A chance de errar também está à venda. Por isso, os ricos podem errar, enquanto os pobres têm que vencer a cada pequena oportunidade que apareça. No meu caso, passei a vida fazendo volumosos depósitos de esperma diretamente depositados num potinho, rapidamente congelados em nitrogênio líquido.

Hoje em dia, o processo de inseminação tem um índice de vinte por cento. Muito mais do que os cinco por cento de dez anos atrás, quando o processo estava engatinhando. Contudo, uma coisa não muda ao longo do tempo: todas as teorias e a prática da reprodução assistida recomendam que os doadores não devem ter doenças físicas ou mentais que possam ser transmitidas para os descendentes. Mas os bebês *hommo orcinus* faziam tanto, mas tanto sucesso nos espetáculos, que o parque não se importava que o doador, eu, fosse diagnosticado como agressivo compulsivo e tivesse, até aquele momento, matado duas pessoas. Foi assim que eu tive mais de 21 filhos que vingaram em 34 anos de cativeiro. Conheci apenas seis.

Até hoje, a copulação *in natura* segue sendo a melhor opção. Foi por isso que me apresentaram Taima, o amor da minha vida.

Amor.

Lembro até hoje a primeira vez que vi Taima. Chovia. Houve um raio forte, oito segundos depois seguido por um trovão. Digo oito segundos pois sempre gostei de contar a diferença entre a velocidade da luz e a velocidade do som. E quando eu terminei de contar: – ...seis, sete, oito! – abriram a porta da cela e Taima entrou. Cabum!!
Espera-se de qualquer um nessa situação uma atitude defensiva, de receio, ou algo parecido. Afinal, Taima era uma cativa recém-adquirida chegando à nova cela. Mas aquela mulher tinha algo de muito especial, impossível para mim até hoje de definir. Se você é um desses homens que se sentem atraídos pela claudicante insuficiência feminina, nunca se sentiria atraído por Taima. Tampouco se sentiria seduzido se for um desses homens que se atraem por mulheres fortes, para finalmente atingirem o orgasmo da virilidade quando conseguem submetê-las. Não. Taima não oferecia nenhuma espécie de jogo. Taima via o que olhava. Dizia o que falava. Escutava o que ouvia. Amava o que amava. Sua presença era

TAIMA

uma relação de entrega e verdade com o que quer que fosse. Uma combinação de ingenuidade e sabedoria. Leveza e profundidade. Vontade do outro e autossuficiência.

– Oi – disse Taima com sua voz rouca e cheia de ar entre os sons. – Oi. – Pode parecer precipitado, mas naquele segundo eu já estava apaixonado e, por isso, já estava falando de forma estranha e óbvia. Bem que eu poderia ter respondido algo melhor do que um insosso "oi".

O amor é uma flecha lançada por um deus criança. Eros, o nome dele. E é literalmente assim que acontece: o filho de Afrodite acorda em seu palácio olímpico, no alto de um monte sagrado, dá um beijo nos lábios entreabertos de sua mãe e sobrevoa nossas vidas com uma aljava lotada de flechas envenenadas de amor. Como boa criança, Eros não tem medo de nada e se mete em lugares improváveis, e até perigosos, como a cela de um *hommo orcinus* assassino dentro de um parque de apresentações. De alguma forma, Eros sabia que Taima viria – eu acho – porque, quando ela entrou eu fui imediatamente flechado! Ou seja, quando Taima chegou, o deus criança já devia estar por ali, de guarda, mirando bem no meio do meu peito. Talvez Eros tenha demorado um pouco para pegar a flecha de Taima, pois ela não pareceu retribuir de forma instantânea àquela avalanche de serotonina e oxitocina que inundava meu corpo.

– Quer se sentar? Aceita um pouco d'água? – Que ridículo! Como eu soava formal para um momento tão sublime! Eu queria dizer que nunca tinha visto nada mais lindo em toda minha vida. Mas acabei oferecendo água. – Não, obrigada. Estou um pouco nervosa ainda do traslado. O caminhão tinha um cheiro ruim e me deixou enjoada. – Que lindo! Taima conseguia dizer exatamente o que sentia. Enquanto isso, eu seguia embaralhado entre meus sentimentos e algumas palavras que pipocavam por vontade própria da minha boca. – E o que você gosta de fazer quando está se sentindo enjoada? – Meu Deus! Eu não iria parar de falar coisas ridículas? Ninguém gosta de fazer nada quando está enjoado, ainda mais depois de ter sido vendido. – Desculpe, eu não quis dizer isso... – Ah, se pelo menos eu ficasse mudo agora! – Imagina, não precisa se desculpar. Eu até que achei a pergunta interessante. – Interessante? Taima era tão incrível que se interessava genuinamente pelas coisas e, com isso, empenhava um valor inédito em tudo. Ao redor de Taima, o mundo era rico. E agora, o que eu digo? Faça uma pergunta, idiota! Uma pergunta é a melhor forma de dar seguimento a qualquer conversa. – Por que você achou a minha pergunta interessante? Não entendi. – Era só o que faltava! Pronto, agora estou parecendo antipático! Essa deusa se esforçando por transformar uma merda de pergunta em algo interessante e eu sem conseguir retribuir minimamente. Sorria! É o mínimo que você pode fazer. Sorria.

– Eu achei interessante porque gosto de dançar quando estou me sentindo assim. Você já viu aquele filme...? Como se chama mesmo...? – Taima ficou a coisa mais linda do mundo quando apertou os olhinhos tentando se lembrar do nome do filme, e eu torci para que ela nunca se lembrasse; assim, ficaria para sempre com aqueles olhinhos apertados, se movendo levemente de um lado para o outro enquanto seu cérebro buscava a informação rebelde. Mas ela se lembrou. – *Nunca aos Domingos!* É isso. *Nunca aos Domingos.* Você já viu? Era o filme preferido de minha avó e nós o víamos todas as semanas. – Droga! Como eu queria ter visto esse filme. – Era para eu ter pensado isso, mas acabei falando alto. A solidão crônica faz a gente confundir pensamento com fala, mas deu certo: Taima soltou uma gargalhada. – Não tem problema, nós podemos ver juntos! – Meu coração palpitava na minha garganta, desequilibrando minhas pernas. Taima já estava fazendo planos para o nosso futuro!

Taima começou a estalar os dedos e cantarolar no ritmo de uma música claramente grega que eu não conhecia. Subitamente transportada para dentro do tal filme que se passava em sua cabeça, Taima sorriu e começou a cantar a música que ela havia ouvido tantas vezes no filme que a avó amava. – É grego! – disse Taima, como se lesse meus pensamentos. – *Ta pedia tou Pirea*, era a música preferida da minha avó. E para ela a Melina Mercouri era a mulher mais magnífica do mundo! – Taima falava e intercalava a canção com estalinhos de dedos e informações sobre sua biografia. – Eu aprendi a cantar essa música quando tinha 2 anos. Ai, esse filme é tão lindo... – Taima dançava, estalava os dedos e cantava a música, falando de gente que eu jamais conheceria. E naquele momento a minha vida era perfeita!

Os tratadores eram bem claros em sua intenção, a cela só tinha uma cama. Nas primeiras noites, dormi no chão. Eu não tinha nenhum motivo para pressa; o caminho na direção de Taima era lindo. A essa altura, eu estava seguro o suficiente com relação aos sentimentos dela por mim e isso me dava calma para andar devagar.

Taima era discreta. Não posso precisar o momento em que ela se apaixonou por mim. Quando eu percebi, o amor já estava lá.

Lembro perfeitamente da primeira vez que vi o amor de Taima por mim. E espero que essa seja a última das lembranças do filme da minha vida que vai passar diante dos meus olhos quando a morte chegar. Taima estava dormindo na cama e eu, no tapete ao lado. Me levantei para ir ao banheiro e, é lógico, não queria acordar Taima, que dormia tão linda e com uma suavidade que fazia aquela cela parecer uma casa em Hafnarfjörður. Andei, pé ante pé, na direção do banheiro, de vez em quando me voltando para trás a fim de checar que meu esforço de silêncio estava sendo recompensado com o sono de Taima. Virei uma vez, dei mais alguns passos e virei outra vez. Ela dormia. Mais alguns passos, já quase no banheiro, e me virei uma terceira vez, para então ver a luz que entrava pela janelinha gradeada batendo nos olhos abertos de Taima, sorrindo para mim. – Eu queria tanto saber me levantar sem fazer barulho. – disse num susto. E o sorriso de Taima se abriu numa gargalhadinha sonolenta. Foi ali que eu tive a certeza de que Taima me amava. – Eu gosto que você me acorde, Tilikum, me lembra de que não estou mais sozinha. – Ela disse isso, como se eu pudesse amá-la ainda mais.

Corri para o seu lado, ou talvez eu tenha andado devagar, nunca vou saber como foi exatamente essa parte da história. Mas eu tenho certeza de que a boca de Taima era macia e quentinha, e o cheiro que vinha de dentro daquela mulher, sentido assim de perto, me deu a clareza de que cada passo que eu dera na minha vida tinha sido dado para que eu estivesse ali, naquele momento.

O gosto de Taima era a linha de chegada da minha existência.

A nossa felicidade era a realização do parque e eles nos deixaram em paz. Ou talvez eles não tenham mudado em nada e a paz tenha simplesmente se instalado sobre todas as coisas.

Eu estava tão feliz que fiquei dócil. Sentir-se amado provoca o que existe de melhor em nós. Voltei a fazer os shows. Na verdade, eu estava sempre me exibindo para Taima e Taima para mim. E foi nessa época que fiz os melhores shows da minha vida. As assinaturas do parque aumentaram em 250% em seis meses. A porção de comida aumentou. Tudo resplandecia prosperidade.

Depois de tantas noites, dias e horas de amor, sorrisos e suspiros, Taima estava grávida e nós iríamos ter um filho. O amor e seus frutos, doces, precoces, azedos, bichados.

Tivemos três filhos. Eles diziam que Taima era boa de engravidar, mas ruim de parir. Como se isso fosse possível. Dois não resistiram às complicações do parto, mas o terceiro, sim! Malia era o nome do nosso bebê. Ele logo se juntou a nós nas apresentações, não saía do lado de Taima. Nem ele nem eu. Nós três éramos um.

Agora que eu tinha uma família, os shows pareciam um trabalho normal, de uma pessoa livre. De uma pessoa, enfim! O cativeiro parecia uma casa. A minha clausura parecia uma vida. Tudo era tão bom que, até hoje, quando penso no tempo que passei com Taima, tenho dúvida de que toda aquela felicidade tenha mesmo acontecido. Existem tantos ecos dos fantasmas que vivem na memória da gente...

Pior capítulo da minha vida.

– Estou grávida de novo, Tilikum. – Desde o primeiro dia, eu soube que aquela não era uma boa notícia. O pessoal do parque gostou e dobrou nossas provisões. Acontece que eles estavam certos: Taima era boa de engravidar, mas não era boa de parir.

A gestação foi muito complicada. Nos últimos meses, Taima não podia se levantar, apenas para ir ao banheiro, ou tomar um banho a cada dois dias. Vivia monitorada. Até hoje posso ouvir o batimento do coração de Taima, primeiro um batimento forte, ôco e decidido, seguido de outro mais suave e relaxado. *Tum*-tum. *Tum*-tum. O som da vida foi se esvaindo durante as complicações do parto. Primeiro, problemas com o bebê que está atravessado, está preso, está morto. Depois, problemas com Taima que está, está, e depois não está mais.

27.

Hoje sou incapaz de dizer o que foi pior: ser capturado ou perder Taima. É difícil distinguir qual das nossas mortes é a pior. Certamente, o fim que me espera em alguns dias, no máximo semanas, será a morte mais suave da minha vida.

A morte de Taima soava como prejuízo aos ouvidos de todos no parque, e eu queria que eles morressem por justificar todas as atrocidades com o argumento do lucro.

Voltei a ficar imóvel. Eu não fazia isso para causar prejuízo ao parque, mas não deixava de ser um efeito colateral bem-vindo.

28.

Empresário fareja oportunidade. O diretor do parque teve a ideia de lucrar com o fato de eu ficar imóvel. Gravaram um comercial dizendo que eu conseguia ficar parado por horas, como se isso fosse um feito. Eu não acreditei que o povo fosse pagar para ver a minha depressão, mas aparentemente existe mercado para tudo e, por um preço módico, o público formava uma fila para me ver não fazer nada, antes de entrar para o show.

29.

Foi nessa época que Peter chegou ao parque para ser meu treinador. Peter era diferente, me agradava que ele falasse comigo de forma normal, sem modular a voz com pausas e aquele tom explicativo, infantilizado, como se eu tivesse alguma dificuldade de compreensão. Até porque, o meu problema era justamente o oposto disso, o meu problema era excesso de compreensão, mas enfim! O fato é que Peter falava normal.

– Oi, Tilikum, meu nome é Peter e eu acabo de vir de San Diego para dirigir a parte de shows desse parque. Eu li "todo" o seu histórico. – Ele enfatizou o "todo" como quem diz "eu sei que você matou duas pessoas, ok?" – Eu li tudo desde a captura e... – Era a primeira vez que eu ouvia a palavra "captura" usada de forma adequada. Sim, eu havia sido capturado e me agradava que Peter deixasse claro que sabia disso. – Eu sei que você não gostaria de estar aqui. E talvez, se eu fosse dono do parque, pensasse em um jeito de soltar todos os *orcinus*, mandar todos de volta para a Islândia, e tentar uma indenização junto com o pessoal que protesta contra esses shows... – *Espera, então existe alguém que protesta?* Esse pensamento me ocorreu e deve ter franzido a minha testa porque Peter percebeu. – Sim, existem alguns grupos que protestam contra a domesticação de qualquer humano ou animal. – Peter falava de um jeito que me fazia querer entender o que ele dizia. – Mas o fato é que eu sou só um funcionário, o novo diretor de espetáculos, e vou tentar fazer o meu trabalho da melhor forma. Para mim, isso inclui te dar o poder de decidir sobre algumas coisas. Como, por exemplo, se você quer fazer os shows. Eu não acho que seja ruim, porque é a hora em que vocês mais gastam energia, mas, de novo, é uma decisão sua. A verdade é que você já se pagou há muito tempo com a quantidade de bebês que deu, e ainda dá, para o parque vender. Então, fica ao seu critério voltar ou não a fazer os shows.

Fazia tempo que algo não me surpreendia. Tirei vantagem do fato de já estar imóvel havia dias para seguir sem responder.

– A outra coisa que eu queria dividir com você é a seguinte... e você não precisa me responder agora, mas pode ir pensando. Há doze anos, você teve uma filha que morreu no mês passado. Antes de morrer, sua filha teve uma filha, que se chama Trua, que está viva e órfã. Eu acho que poderia te fazer muito bem se sua neta, Trua, viesse morar com você.

IMÓVEL

Segui imóvel. Peter me deu algum tempo... segui imóvel.

– Bem, você pensa e me diz. Eu tenho três semanas para tomar uma decisão sobre a sua neta. Nós vamos nos ver todos os dias. Qualquer coisa que você queira reclamar, sugerir... Enfim, eu gostaria de te conhecer numa situação mais propícia, mas é aqui que nós estamos.

Peter se encaminhou para a porta e já estava quase saindo.

– Pode trazer a menina. – falei sem perceber.

30.

Trua nasceu em cativeiro, não fazia ideia do que era o mar. – O mar é liberdade, Trua. – Ela ouvia e ria, correndo pela cela. – Liberdade! Liberdade! O mar é liberdade! – Trua também não sabia o que era liberdade.

No período que eu convivi com Trua, pude concluir que a ignorância talvez seja a única garantia de plenitude. O saber, quando chega, já estabelece alguma relatividade e isso é suficiente para consumir qualquer sensação de absoluto. O ideal é que não se saiba de nada, pois a menor semente de conhecimento pode germinar. E o pensamento, por excelência, brota justamente em condições adversas. Trua não sabia sequer que sua mãe estava morta. Eu queria que ela permanecesse assim, abençoada pela ignorância para sempre. Às vezes eu pensava que, em alguma parte da sua arquitetura, deveria se localizar uma desconfiança, mas nada que ela fosse capaz de nomear. E o nome funciona como uma alça para a memória, por isso, sentimentos sem nome se esvaem com mais facilidade entre as lembranças.

Trua era feliz e não sabia de nada. Ela vivia em uma plenitude tão inocente que eu chegava a sentir pena. Eu só não sentia inveja porque sabia que Trua seria humilhada, explorada, vilipendiada, estuprada, inseminada, e, enfim, descartada pelo mundo. Mas, naquele momento, ela dançava uma musiquinha ali na cela feliz.

Os bebês *orcinus* têm tanta energia que andam plantando bananeira, escalam os vãos das portas, sobem em todos os móveis, dos quais descem dando piruetas no ar. E era assim que Trua passava o dia, todos os dias. É impossível não sentir alguma alegria ao lado de uma criaturinha daquela.

– Papai, estou com fome. – disse Trua, sorrindo e olhando para mim. – Eu não sou seu pai. – Tá bom, papai, mas eu estou com fome. – respondeu Trua. Era impossível não rir.

Em pouco, foi vendida.

Rindo com Trua, desaprendi a rir sem ela.

31.

Olhando para trás, vejo que ali, quando levaram minha neta, foi o começo da minha morte. Quando me arrancaram da minha mãe, ainda existia muita coisa que eu podia sentir. Dor, saudade, lágrimas mornas correndo, olhos ardidos de tanto choro, a injustiça. Mesmo quando Gudrum morreu, eu senti tanta coisa... Senti como poderia ter sido mais doce com Gudrum, senti que havia perdido algo, que não havia aproveitado completamente, senti o imenso desperdício afetivo que eu exercitara com Gudrum. Ainda, quando Taima morreu em meus braços, se esforçando para dar à luz ao que seria nosso quarto rebento... ainda ali, e talvez sobretudo ali, diante da morte do amor, eu estava vivo. Até nos meses que me dediquei à imobilidade, a visita das câimbras sinalizava: vivo.

Mas, quando levaram Trua, ela sorria.

Fim.

32.

Dawn reunia todas as qualidades esperadas de uma treinadora de *hommo orcinus*. Experiência. Beleza. Dedicação. Comprometimento. Podem acreditar no que eu digo, essa profissão exige um preparo físico incrível, apenas atingido com uma dedicação que deixaria qualquer atleta olímpico abismado. Dawn não bebia, acordava cedo, tinha uma rotina de quatro horas de exercícios físicos divididos entre cardio, fortalecimento, alongamento e mobilidade. Dawn não era casada nem tinha filhos. Ela estabeleceu com sua profissão um certo "topos" monástico. Todas as ações e instâncias da vida de Dawn se relacionavam com sua profissão de treinadora de *orcinus*. Era como uma religião – e nessa religião, eu era deus.

– Como vai, Tilikum? Tudo bem? – Esqueci de dizer que Dawn era feliz. – Meu nome é Dawn e eu vou ser a sua nova treinadora, isso não é maravilhoso?! – Dawn sorriu e, sem nenhuma providência protetiva, entrou na minha cela. – Eu amo o que faço e prometo que você também vai amar fazer os shows! Eu sempre tive uma ótima relação com todos os *orcinus* que já treinei até hoje e tenho certeza de que não vai ser diferente com você.

Eu não me importo com nada, Dawn. É simples assim.

Meu pensamento vagava de forma nervosa, como uma borboleta sem plano de voo. Hafnarfjörður. Hafnarfjörður. A parede tinha um descascado perto da janela. *Nunca Aos Domingos.* Hafnarfjörður. Juárez. El Paso. Keltie. Daniel P. Keltie. Daniel P. Dawn.

33.

Tenho passado a maior parte do dia dormindo. Ao que parece minha morte não será uma linha vertical como o tronco de uma palmeira. Talvez minha morte chegue como quem vai embora. Suba se encaminhando para a descida. Desça na mímica de subir. E me leve como se eu estivesse chegando.

34.

Certa noite, não me lembro exatamente quando, Peter apareceu na minha cela depois do expediente. Peter sempre entrava na minha cela sem hesitação, com sua postura confiante e ao mesmo tempo respeitosa. Mas não naquela noite. Peter chegou e se posicionou perto das grades, sem tocá-las. Permaneceu com a cabeça baixa por um bom tempo, e eu também não me dei ao trabalho de perguntar nada. Se Peter queria ficar calado e cabisbaixo, que ficasse, eu poderia dividir parte do meu silêncio com ele.

– Vim me despedir, Tili. – Peter era a única pessoa que sabia me chamar de Tili sem me irritar. – Estou indo embora. Não sei se você soube o que aconteceu comigo. – Não, claro que eu não sabia. E foi só aí que eu percebi que Peter estava com o pé enfaixado. – Eu estou indo embora e tudo que eu posso te afirmar é que nunca mais vou trazer minha filha para assistir a um show desses que acontecem aqui. – O que teria acontecido? Peter era o diretor dos shows, o treinador mais experiente do parque. – Foi durante o show na semana passada... Tudo estava indo bem quando Kasatka mordeu meu pé e me levou para debaixo d'água. Ela nadou comigo por um minuto ou mais submerso. Eu não queria ficar nervoso, porque sabia que isso consumiria mais oxigênio, mas é impossível controlar tudo nessa vida e eu estava nervoso, Tili. Durante esse minuto, eu demorei uns 40 segundos para pensar que, se Kasatka quisesse esmigalhar meu pé já poderia ter feito isso, mas não. Ela me segurava até com certa delicadeza, apesar da movimentação intensa, o que, claro, estava machucando o meu pé. Ela me levou para respirar, e eu arriscaria dizer que Kasatka esperou que eu hiperventilasse o suficiente para submergir de novo. – *Só uma pergunta me ocorria: você gritou por socorro, Peter? Gritou por socorro?* Eu não perguntei, mas Peter adivinhou minha dúvida. – Eu não gritei, não me agitei. Nada. Eu sabia que era exatamente a minha reação que iria definir a natureza daquela situação. Ataque ou brincadeira? Kasatka mergulhou comigo mais de cinco vezes, mas sempre voltava e esperava que eu recuperasse o fôlego. Uma hora, Kasatka me deixou sair. Eu não escapei, Tili, ela me deixou sair nadando pelo tanque. Kasatka me salvou de Kasatka... – Percebi que Peter chorava. – Você entende isso, Tili? Eu adestrei aquela mulher, eu a fiz passar fome e sede, eu tranquei o cadeado com ela dentro da cela a cada noite. Eu peguei seu bebê, Morphi, e o levei... Kasatka estaria certa em se vingar e até agora não entendo por que ela não fez isso. Tenho tanta vergonha do que eu fiz com ela, do que eu fiz com você. Quando saí daquele tanque com o pé quebrado e colocaram o respirador em mim, entendi de uma só vez a natureza do que estamos fazendo aqui. O fato de que não seja contra a lei, não torna a existência desse parque menos vergonhosa para toda humanidade. Espero que minha filha de 3 anos nunca saiba que eu adestrei *orcinus* para shows de entretenimento. – O que Peter queria ali? Será que ele tinha qualquer esperança de que justo eu sentisse piedade por ele? – Sei que você não poderá me desculpar. – Não, Peter, eu não poderei te desculpar e espero que você também não possa. – O que eu fiz não tem desculpa. – Não, Peter, o que você fez não tem desculpa. E não te desculpar é um dos meus pouquíssimos direitos. Eu não te desculpo, Peter. Pode ir.

35.

Dawn era realmente uma profissional de primeira. Quando me chamava para o tanque, ela já estava aquecida, bem disposta e sempre de bom humor. Muito bom humor, aliás. Mas a melhor qualidade de Dawn era ser generosa nas porções de comida que dava como recompensa a cada truque bem executado.

Era bom estar de volta. Esse pensamento me surpreendeu um dia depois do show. Eu não deveria sentir o acolhimento de um retorno ao retornar à rotina daqueles shows hediondos, mas eu sentia. Porque a verdade é que, aos 27 anos de idade, os dois breves anos que eu tinha passado em Hafnarfjörður com minha mãe representavam menos de um décimo da minha vida. A minha verdade não estava em Hafnarfjörður. A minha verdade estava ali, naquele parque, naquela cela, naqueles truques. Quando eu voltei para os shows, percebi que não havia mais um Hafnarfjörður para onde pudesse regressar. Eu era aquele parque. E o mar gelado da Islândia não passava do cenário de um sonho da minha memória onde o personagem principal era minha mãe.

Normalmente, quando chegamos ao estágio de um pensamento formulado, essa ideia já vem com um rótulo de positivo ou negativo. Ou seja, se a conclusão do pensamento nos favorece ou desfavorece em algum termo. Mas, no caso, quando pensei que eu havia passado 98,3% da minha vida no parque, ficou matematicamente claro que eu não sou de Hafnarfjörður.
Eu sou Tilikum.

36.

Não sei explicar por quê, mas aquele pensamento me reanimou. Ele emudeceu um lamento que soava há anos na minha cabeça. Eu vivi 25 anos querendo voltar para o "meu lugar". E só agora estava claro que eu não tinha para onde voltar. Como o sofrimento daquele executivo que sonha em viver plantando alface em um sitiozinho, mas no fundo ele não quer nada disso. Ele nunca nem comeu alface. E, quando percebe que ele é a toxicidade da cidade grande, o executivo atarefado deixa de sofrer por não ter uma vida que nunca seria a sua.

Hafnarfjörður era o meu sitiozinho de alfaces, onde eu viveria em paz. Acontece que Tilikum não é paz. Não. Eu sou esse agito. Essa cela. Por muito tempo, acreditei que ser cativo estivesse destruindo a minha personalidade, mas, não, estava formando quem eu sou. Essa é a minha personalidade. Eu sou feito de barras de ferro, ração e truques. Eu sou esse desejo de fuga que não tem para onde ir. Nada nunca está nos desviando do nosso caminho. Não. O desvio é o próprio caminho. A linda vida que eu viveria se não tivesse sido capturado nunca existiu. O que existe é o que é. Não se engane com fantasias se sentindo injustiçado, você não deveria estar em outro lugar. O caminho que você está é exatamente o seu. O seu lugar é precisamente este, onde seu corpo está agora, e este lugar foi construído por você ao longo de todos os minutos da sua vida.

Pensei aquilo tudo ao dar o primeiro passo para dentro da cela. Pela primeira vez em anos me senti protegido pelo cadeado na porta de grade. A sensação de pertencimento gerou uma satisfação. De forma inédita não estava faltando ninguém ali ao meu lado. Tilikum é sozinho. Tilikum é espaço vazio.

The *dawn* of Dawn

Dia 24 de fevereiro de 2010. O show havia sido uma bagunça antes de eu entrar. Kasatka estava atacadíssima e desobedecera em diversos números, levando Orchid com ela nas pequenas rebeliões. Acontece que Dawn era uma perfeccionista. Passava suas horas livres assistindo aos vídeos dos shows em busca de brechas onde pudesse melhorar seu desempenho. Aquela apresentação cheia de falhas era uma tragédia para ela – claro que Dawn só classificava isso como tragédia porque ela não sabia o que estava por vir. É preciso guardar certas palavras e sentimentos para quando eles forem realmente úteis. – Enfim, Kasatka saiu com Orchid.

Quando entrei no tanque, Dawn estava empreendendo toda a sua energia em melhorar aquela apresentação. Eu segui todas as ordens de comando. Dawn apitava, eu pulava. Dawn mergulhava, eu a carregava até o fundo, subíamos em sincronia até o salto e pã!, mão na bolinha vermelha, mergulhava de novo.

Depois de cada truque, Dawn me dava uma porção generosa de comida. Tudo certo, cada um cumprindo sua parte no combinado. Dependendo do quanto Dawn precisava enfiar seu braço no isopor de comida, eu sabia quanto ainda restava de prêmio.

Três silvos rápidos. Era o comando para que eu desse uma volta rápida no tanque. Foi o que eu fiz. Ao final de cada truque, o treinador deve apitar um silvo breve de finalização. Como Dawn não apitou, eu segui em frente e dei mais uma volta na piscina. Mas quando parei para receber minha recompensa, Dawn me retribuiu com três segundos de frieza. Na hora não entendi nada e fiquei puto. Depois, ouvi dizerem que Dawn teria apitado ao final da minha primeira volta, ou algo assim. Seja como for, nós erramos. Ela que apitasse com mais força!

Dawn sorria, como sempre, mas pude notar a frustração na sua cara branca. Eu reconheço bem o que é a frustração, dado que a minha vida é basicamente composta de variações desse sentimento. Frustração. Dawn estava frustrada com seu show imperfeito ao lado de Kasatka e Orchid e agora, ainda mais frustrada, porque eu não tinha parado logo depois da primeira volta. – Está frustrada, Dawn? Está frustradinha? – Ela correu ao redor do tanque, eu a acompanhei de dentro d'água. Era a marca para o momento final do show. Dawn se deitou na borda do tanque e eu me aproximei sorrindo. Posso afirmar, sem constrangimento, que eu fui falso naquela aproximação. Eu precisava que ela não se movesse. Precisava que Dawn estivesse relaxada, se sentindo em segurança, para que eu pudesse agarrar seu braço no lugar certo, de forma que ela não pudesse reagir, em um único movimento.

– Dawn... – falei, da forma mais enigmática que consegui. Segurei seu braço, ainda sem puxar, fixando minha mão no lugar perfeito de união do rádio com o ulna e os ossos do carpo, logo antes do pulso. Olhei para Dawn e senti toda a fome que eu já tinha sentido, toda a raiva que eu já tinha sentido, toda a humilhação. Senti a força de toda minha frustração e percebi que nada me fazia tão forte quanto a ira. Eu era uma espécie de Aquiles e Dawn era o exército de Troia. Existe uma relação muito íntima entre um treinador e quem ele treina. O exercício do poder, o tempo de aceitação, o ressentimento acumulado com os castigos. Ser educado deixa marcas, mas ser adestrado deixa cicatrizes profundas.

Dawn quase teve tempo de perceber meu plano, mas, como num duelo de faroeste, naquele segundo anterior ao primeiro duelista sacar sua arma, eu percebi que ela iria me desvendar. Seu braço chegou a ensaiar um retesamento, entre meus dedos, mas, antes disso, arrastei Dawn para debaixo da água, onde eu era mais forte.

A plateia fez silêncio, suspensa pelo pavor. O pavor é terrível. O pavor é lindo. Poucas coisas podem mobilizar uma plateia mais do que isso, porque o pavor é sempre da morte. No começo era a morte. No fim será a morte. A humanidade nasce quando se dá conta da própria morte. Desde o primeiro enterro até hoje, toda história se define pela nossa relação com a consciência da morte. Você pode decidir não pensar na própria morte, mas sua vez chegará. E, como sempre, é o fim que vai decidir a moral da história. Levei Dawn lá para baixo e olhei fundo em seus olhos. Ela sabia tudo o que estava prestes a acontecer. Nos anos que passamos juntos, Dawn quis acreditar que tínhamos uma relação. Talvez seja fácil para o opressor confundir subserviência com docilidade. Mas não se enganem: para o oprimido a relação com o opressor é uma vigilância sorrateira à espera do momento da revanche. Existe vingança na revanche, sem dúvida, mas também existe justiça. Mesmo quando finalmente reagi e apertei o braço de Dawn, eu não era o opressor, eu era um rebelado. E é preciso que a História, em algum momento, ouça os oprimidos. Toda rebelião tem seus motivos. E eu também tinha os meus.

Fazia vinte anos que eu havia matado Keltie. Dez anos atrás, Daniel P. invadiu minha cela. Mas posso afirmar, com toda sinceridade de quem não precisa da sua absolvição, que aquelas duas mortes tinham sido fruto do instinto. A morte de Dawn seria o meu primeiro e verdadeiro protesto.

Basta!

Sei que Dawn era apenas a ponta final do imenso sistema que me mantinha ali, cativo havia mais de 20 anos. Mas era impossível exterminar o sistema inteiro de uma vez.

Tinha chegado a hora de Dawn nos ensinar algo mais do que alguns truques. Tinha chegado a hora de aprender sobre humanidade, empatia e alteridade. Urge que nos relacionemos com o outro. Urge que vocês se relacionem comigo. Eu vou obrigá-los a se relacionarem comigo. Nem que eu tenha que matar todos vocês, garanto que vou ser visto!

Levei Dawn para a superfície. Ela respirou e eu puxei seu cabelo como um chicote, o que fez com que seu couro cabeludo saísse na minha mão.

A plateia reagiu: – Ohhh!!! – E começou a filmar e fotografar. Isso. Registrem! Vamos juntos eternizar a forma terrível com que precisei reagir para ser visto por vocês!

A equipe de segurança começou a se organizar. Girei Dawn nas alturas e depois pulei sobre seu corpo. Os estalos dos ossos formavam a sinfonia do meu levante. Eu estava farto.

Avulsões, lacerações, abrasões, fraturas. Fraturas e hemorragias subsequentes. Traumas por ação contundente no corpo até as extremidades. Fratura da mandíbula, associada com laceração e hemorragia da mucosa oral.

Nos noticiários chegava a hora de esconder o incidente. O porta-voz do parque disse que a adestradora escorregou e caiu dentro do tanque. – Mentirosos desgraçados! Havia testemunhas de que a culpa era minha. Não foi um acaso não. Fui eu, eu que fiz aquilo. – A verdade sempre aparece.

Diante dos relatos dos presentes no show, o parque acabou se retratando e recontando a história com foco na questão do rabo de cavalo de Dawn. Não, você não leu errado, culparam o rabo de cavalo! Segundo o porta-voz do parque, eu teria puxado o tal rabo de cavalo porque ele seria atrativo. Francamente, é reduzir demais as intenções do meu protesto! Eu não sou um animalzinho, ou um bebê, atraído pelo movimento de um chumaço de cabelo. Por favor! Um mínimo de respeito! Além disso, culpar o penteado era uma forma sutil e desastrada de culpar Dawn e me absolver, simplesmente porque eu valia mais do que ela para aquele bando de filhos da puta da direção do parque. O porta-voz chegou a afirmar que eu não tenho um instinto agressivo. Como é possível causar mais de sessenta fraturas no corpo de uma pessoa sem ter uma intenção agressiva? Veio até um tal perito, supostamente autoridade máxima em *orcinus*, e ele afirmou categórica e publicamente que eu não tenho um perfil agressivo. Quanto custaria aquela opinião profissional? Como a pobre Dawn estava morta, ficou combinado que a culpa não era minha nem dela, a culpa era do rabo de cavalo. E caso encerrado.

37.

Com a intensa repercussão da morte de Dawn, achei que me deixariam inativo por muito tempo, talvez para sempre. Mas a direção do parque tinha menos vergonha do que vontade de ganhar dinheiro. Nem dois meses depois e eu já estava de volta aos shows. Entrava apenas no final para uma saudação e pronto, mas não deixava de ser uma cara de pau do parque e uma boa oportunidade para mim de matar mais alguém. Sim. Não tenho vergonha de admitir que gostaria de matar todos eles. Sei que isso não significaria a minha liberdade – provavelmente muito pelo contrário. Sei que isso não me restituiria todas as possibilidades aniquiladas naquela captura, 28 anos antes, mas eu não me importava com isso, eu não me importava com nada. Mataria todos eles, quantas vezes pudesse.

Como eu não fazia mais o show completo, precisaram da minha cela para abrigar outros dois *orcinus* que tomariam meu lugar no show.

Fui transferido para uma cela de três metros por cinco. Tudo bem. Para ficar deitado, imóvel, eu precisava de pouco mais de dois metros por 80 centímetros.

A nova cela não tinha ar-condicionado, apenas um ventilador giratório. Também não tinha janelas. Contava com um exaustor de ar e um quadro de paisagem que deveria ter sido colocado ali com a intenção de reproduzir a vista de uma janela. *Uma pequena delicadeza da parte do carrasco*, pensei. Mas essa delicadeza não era para comigo. O ato de pendurar aquele quadro era motivado tão somente pela vontade do pessoal do parque de seguir se sentindo humano.

38.

O vento do ventilador inquieta a mosca. Pousada sobre um pão velho intocado por mim, ela se desloca para cima, no ar, toda vez que as hélices apontam em sua direção a incômoda lufada. O ventilador alcança a máxima amplitude à direita. A mosca pousa. Lá vem o ventilador, aponta para a frente. A mosca voa para o alto. O ventilador segue seu trajeto para a esquerda, indiferente, contínuo. A mosca pousa no pão e recomeça seu banquete teimoso. O ventilador atinge a extrema esquerda e inicia seu retorno, até que aponta para a frente. A mosca sobe verticalmente, incomodada. E o ventilador segue para a direita...
    Adrenalina pura.

39.

Existia um formigueiro na quina da parede entre a lateral à direita de quem entra na cela e a parede do fundo, oposta à porta. A entrada do formigueiro ficava entre o rodapé e a parede. As formigas são um exemplo de organização social hiperprodutiva. A colônia como um todo nunca dorme. A qualquer parte do dia ou da noite, 30 a 40% das formigas estão na ativa. Quem não está trabalhando no formigueiro está em descanso aparente, mas pronto para entrar em ação a qualquer momento. A sociedade das formigas é organizada em castas, é claro que a casta mais numerosa é a das operárias. Existem também as fêmeas aladas e os machos, responsáveis por acasalar e reproduzir. Um ponto intrigante é que o que define se uma formiga será operária ou fêmea alada é a nutrição que ela recebe ainda na fase larval. E claro que existe também a formiga rainha, que passa o dia recebendo uma superalimentação e botando ovos.

As formigas eram pretinhas, chamadas de "formigas carpinteiras". Eram simples e domésticas, minhas amigas. Muito inteligentes, andavam exatamente na linha do rodapé com a parede, estratégia que as tornava invisíveis ao olhar pouco esforçado do pessoal da limpeza.

40.

A primeira vez que eu vi a infiltração, ela era apenas uma manchinha acinzentada. Poderia ser um relapso na pintura, afinal ninguém se importaria com perfeição num lugar como aquele. Mas não, a manchinha era causada pela umidade existente naquela nova cela. Como eu passava a maior parte do tempo inerte, tinha dias que dava para sentir uma espécie de orvalho se condensar sobre a minha pele. A condensação acontece quando gotículas de água suspensas no ar entram em contato com superfícies de temperaturas mais baixas. E meu corpo ficava gelado durante a noite, deitado no chão de cimento.

Não sei explicar o porquê, mas medir o tempo é bom. Causa uma sensação agradável ao ser humano, não de controle exatamente, mas de acompanhamento do mundo exterior. Por isso inventamos ao longo da História tantas formas de medir o tempo. Dias, horas, meses, anos. Você pode pensar, "Mas se ele não faz nada o dia inteiro, para que saber que horas são?". Veja bem, eu não quero saber as horas, eu quero apenas uma forma de acompanhar o meu declínio. É preciso ter certeza de que, em algum lugar, o tempo está passando.

FUNGOS

Essa é a única garantia de que, um dia, minha história encontrará seu fim.

Por isso fiquei satisfeito com a infiltração. Ver aquela mancha que crescia de forma lenta e gradual começou a servir de relógio para mim. O problema é que me faltavam dados científicos sobre a evolução de uma infiltração em um teto de cimento. Tentei criar minhas próprias teorias e para isso comecei a listar os fatores que poderiam influenciar o progresso de uma infiltração.

A quantidade de água. Esse item certamente faz toda diferença. Seria apenas uma infiltração causada pelas chuvas ou haveria uma fonte constante de água alimentando aquela mancha no meu teto? Para resolver essa questão me mantive atento ao progresso da infiltração depois dos dias de chuva forte. Para a sorte do progresso da minha teoria, era possível ouvir a água cair lá fora. Graças a isso, pude constatar que a infiltração de fato crescia milimetricamente mais rápido nos dias seguintes aos aguaceiros.

Tosse, tosse.

Outros fatores influentes seriam o material e a época daquela construção. Mas sobre essas variantes eu tinha acesso a pouquíssimas informações. Não me demorei nesse item.

41.

Não sei quanto tempo, medido em semanas ou quem sabe meses, uma infiltração leva para avançar dois palmos no teto e nas duas paredes. A mancha agora tinha tons de cinza, dois tons de amarelos, sendo um mais escuro levemente rosado, e outro mais clarinho. Tosse, tosse. As bordas da infiltração seguiam uma lógica de bordado, avançavam com linhas curvas e espaços entremeados.

Não me lembro o nome de ninguém com quem convivi nesse período que não sei quanto tempo durou. Quem limpou aquela cela? Quem me alimentou? Quem falou comigo? Vultos.

Eu habitava o mundo da mosca, das formigas, da infiltração. O mundo do orvalho que ameaçava baixar sobre a minha pele gélida às quatro da manhã.

A doença

Tosse. Tosse com catarro. Febre. Dificuldade para respirar. Tosse. Tosse e febre. Catarro e dificuldade para respirar. – Pneumonia bacteriana – diagnosticou o dr. Kevin. Pude perceber a reação da equipe do parque. A essa altura eu fazia questão de não saber o nome de nenhum deles. Os cenhos franzidos foram rapidamente substituídos, de forma profissional, por uma expressão neutra. Pude perceber que o diagnóstico era grave. Dr. Kevin seguiu como se eu não estivesse ali, ou como se eu fosse incapaz de entender o que ele dizia. – É grave. Nós vamos administrar antibióticos, um anti-inflamatório... mas o anti-inflamatório causa uma reação de sangramento incômoda nos *hommo orcinus*. – "Sangramento?" Ele disse sangramento como se dissesse "coceira". – É uma leve hemorragia sistêmica. É importante que eu seja claro aqui: estamos falando de expectativa de vida. Se não entrarmos com a medicação completa, a chance de melhora é zero. A medicação pode gerar efeitos colaterais danosos a médio ou longo prazo? Sim – esclareceu ele. – Eu prefiro morrer rapidamente, doutor – disse. Todos se espantaram porque eu não falava há um bom tempo. Anos. Alguns ali nunca sequer tinham ouvido a minha voz. Meu silêncio não era uma questão de não ter o que dizer. Eu tinha o que dizer! E muito! Mas não para aquelas pessoas que estavam ao meu redor.

– Eu prefiro morrer rapidamente, doutor – repeti. Apesar de ter seis pessoas ali, o que para uma cela daquele tamanho é uma multidão, eu pude ouvir o eco das minhas palavras baterem nas paredes. Dr. Kevin me olhou com a compaixão de praxe. – Eu entendo como você se sente, Tilikum. Vou prescrever também antidepressivos e ansiolíticos.

Para meu azar, os remédios do dr. Kevin funcionavam.

42.

Ao longo de mais de vinte anos servindo como doador de esperma eu havia procriado feito um marajá indiano casado com dezenas de mulheres. No meu caso, nunca sequer as vi, nem sei quem são 98% das mulheres com quem tive filhos. Muitos dos meus filhos nasceram mortos, outros morreram no parto, e desses, alguns levaram as mães consigo... Taima, meu amor... Mas alguns vingaram. Nunca ninguém veio me prestar qualquer conta sobre esse número. Sei que sou um cativo, sei que sou apenas uma peça do sistema, mas eu gostaria de saber: quantos filhos eu tive realmente ao longo da minha vida? Quantos vingaram? Por quantos filhos eu deveria chorar? A quantos filhos eu poderia pedir ajuda, se pudesse fazer isso? Seguirá um mistério. Talvez, mesmo que eu chegasse a perguntar, mesmo que uma pessoa bem-intencionada tentasse me atender, nem assim poderia me responder. Simplesmente, porque esse número não deve ter sido contabilizado nunca. Ninguém achou que o número de filhos que foram tirados de mim seria uma informação relevante o suficiente para que fosse armazenada em algum lugar. Dizem que eu tive 21 filhos, mas seria preciso contar os que não vingaram. É preciso levar as mortes em consideração.

Teria servido de consolo essa malha de hereditariedade como apoio. Mas a verdade é que eu flutuava naquela cela, não relacionado. Eu não podia contar com nada além do avançar lento do bordado da infiltração e do vaivém das formigas. Mesmo a mosca já não estava lá havia algum tempo. Seres alados não têm a imobilidade mínima necessária para oferecer estabilidade emocional a alguém como eu.

43.

Não sei por que a direção do parque fez aquilo de colocar Malia de novo no meu convívio. – Ela é sua filha, Tilikum! Vai ser bom para você se distrair – disse a adestradora sem nome. – Sua doença regrediu e com Malia você pode até voltar às apresentações. Quem sabe? Só depende de você. Nós estamos aqui, prontos para te ajudar! – A mulher me irritava falando como se se importasse um caralho com o que acontecia comigo. A essa altura não restava nenhuma gota de ingenuidade em mim. Eu não tinha a menor intenção de colaborar.

Malia me lembrava de Taima, sua mãe, meu amor. Ela havia sido transferida quando Taima morreu e eu também morri um tanto.

Até que vi Malia. O TEMPO NÃO HAVIA PASSADO PARA MALIA, COMO PASSOU PARA MIM, SUA PELE ERA LISA.

Os filhos provocam compaixão e essa vontade de apertar, de esganar.... Ahhh! Eu poderia esmagar as bochechas rosadas de Malia. Existia tanta saúde nela.

Por um breve momento, a vida fez sentido de novo. Mas passou rápido, Malia veio apenas para eu ter de quem me despedir.

44.

Em março de 2016 comecei a perceber, toda vez que evacuava, os primeiros sintomas do que o médico chamou de "hemorragia sistêmica". Não sei se você ou alguém será capaz de entender o que vou dizer agora, mas aquele sangue, mesmo que pouquinho e irregular, a princípio me dava um certo conforto. Um conforto parecido com o que as lágrimas dão quando estamos sofrendo. Aquela água salgada que sai dos nossos olhos, de alguma forma, materializa o sentimento. Realiza o sentimento líquido. E faz anos que eu me sinto corroer por dentro. A verdade é que eu não podia culpar o anti-inflamatório, a minha "hemorragia sistêmica" havia começado 32 anos antes, no mar gelado da Islândia no dia 9 de novembro de 1983, quando fui capturado. Eu senti cada sintoma de lá para cá, mas eram invisíveis. Agora, ali, no fundo do vaso, aquele sangue era a prova do que eu tentava dizer há anos. – Vocês estão me matando aqui dentro. Eu estou sangrando por dentro. – Eu estava sangrando por dentro há anos e agora isso era um fato.

Com a baixa no meu sistema imunológico, a pneumonia bacteriana, que seguia assintomática, ganhou força. Tosse,

tosse. Malia foi imediatamente retirada do meu convívio e examinada. Ela não apresentava nenhum sintoma, mas tive medo mesmo assim. Eu não queria afetar as bochechas rosadas de Malia.

O pessoal do parque nunca me deu qualquer notícia de Malia. Eu pensei em perguntar, mas depois vi que não adiantaria, porque, seja qual fosse a resposta deles. – Malia está bem. – Ou: – Malia está doente –, eu não acreditaria.

45.

O fim começa a se manifestar de forma muito física e escatológica. Mais sangue, mais catarro. Um certo enjoo constante provocado pelo envenenamento dos remédios. Não se engane, os remédios prometem a cura, mas são a terceira maior causa de morte no mundo.

Com a doença, minha rotina ganhou um aliado fantástico, a morfina. A morfina provoca um certo distanciamento brechtiniano. A partir daquele momento eu me tornei um ator-espectador da minha própria vida. Eu sentia o que estava acontecendo, eu até reagia, mas a sensação era suprimida de dor. Aquela morte sem dono era minha. Eu estava e não estava na minha própria cena.

Só então pude me amar.

46.

"Conhece-te a ti mesmo."

Por muito tempo, pensei no que o oráculo grego queria dizer com essa frase. Foi em algum momento, depois de ter matado Dawn, que a cognição se deu por completo em minha mente. O que a pitonisa de Delfos quer dizer é que o seu destino não se encerra na sequência de eventos futuros pelos quais você vai passar. Seu destino está na maneira como a pessoa que você é reagirá a esses eventos. Isso quer dizer que, se você pretende agir sobre o seu destino, precisa agir sobre si mesmo e mudar o que for necessário para que você seja capaz de reagir de forma mais grandiosa e eficiente às coisas que forem acontecendo. O seu destino é você. E o meu destino era Tilikum.

A morfina é uma droga tão genial que eu ouvia alguém tossindo e só então me inteirava de que esse alguém era eu! A morfina dá vontade de rir de qualquer coisa.

47.

A hora da morte sempre dá um jeito de se anunciar.
Não é preciso muita atenção, apenas um pouco de sensibilidade e de ser capaz de se deixar levar pelo fluxo contínuo, prestes a se esvair.
Passei a manhã facilitando a vida das formigas e colocando as migalhas bem perto da entrada do formigueiro. É bom ser útil.
A infiltração a essa altura tinha alcançado um raio de seis palmos.
Eu não quis comer naquele último dia. Apenas água.
Água é sempre bom.
Água.
E mais água.
Água é o contrário da morte. É o ventre da mãe. É o mar gelado da Islândia.
Talvez fosse possível atingir o desapego na hora da morte tendo alguma coisa a que se desapegar. Poder segurar a mão de alguém, para então soltá-la com o último suspiro, e se atirar no desconhecido abismo que é a morte. Eu não tenho conhecimento de causa para falar sobre isso. À beira da morte,

minhas mãos estavam livres e, no momento, retesadas por algum reflexo parassimpático.

Senti o Todo me cercando de forma suave e anunciada.

Senti meu ser se diluir em todas as coisas. Senti toda movimentação se aquietar. Subitamente eu estava no centro da roda onde tudo é inércia.

Estou no quase.

Taima sorriu para mim. – Eu gosto que você me acorde, Tilikum, me lembra de que não estou mais sozinha.

Existe um vento dentro de tudo.

De tudo que é vivo.

E a morte é a saída final desse vento divino. Minha última lufada.

O apito contínuo da morte sem ritmo.

A MORTE DE TILIKUM

48.

Ainda existe no ar um vapor do que eu havia sido.
Talvez seja minha alma.
Essa névoa formada pelas minhas memórias.
As memórias que as pessoas ainda têm de mim.
Virei névoa.
E então
Virei
Fim.

Cronologia de Tilikum – a baleia (1981–2017)

1981: Nasce Tilikum.

1983: Aos 2 anos, Tilikum é capturado no dia 9 de novembro, na costa da Islândia*.

1983-1984: Tilikum é retirado de seu *habitat* natural e passa um ano em um zoológico marinho em sua terra natal.

1984: Tilikum é enviado para um parque aquático no Canadá, o Sealand of the Pacific, onde passa a dividir um tanque com duas orcas fêmeas (Haida 2 e Nootka 4). Não dá certo: elas atacavam Tilikum. Isso acontecia porque, naquela época, as orcas eram treinadas via estímulos negativos. Quando o novato fazia algum truque errado, as três orcas

---

* Tilikum foi capturado com duas outras jovens orcas, Nandu e Samoa, que foram adquiridas pelo PlayCenter, um famoso parque de diversões em São Paulo. Nandu e Samoa chegaram ao parque em 1984 e foram atrações do Orca Show.

eram punidas e não recebiam comida. As fêmeas descontavam a raiva nele, que vivia com machucados e arranhões pelo corpo.

1991: Em 20 de fevereiro, uma treinadora de 20 anos de idade, Keltie Byrne, cai na piscina onde estavam as três orcas do Sealand – Nootka, Haida e Tilikum. Elas atacaram a jovem. O Sealand não aguentou a repercussão e fechou as portas. As baleias foram repassadas para um parque bem maior, o SeaWorld, em Orlando.

1991: Em 24 de dezembro, no Sealand, nasce Kyuquot, o primeiro filho de Tilikum. Sua mãe é Haida 2.

1992: Em janeiro Tilikum chega ao SeaWorld em Orlando, na Flórida.

1993: Em 9 de setembro, Tilikum tem mais um filho: Taku. Sua mãe é a orca Katina. Taku adoece e acaba morrendo no dia 17 outubro de 2007, após contrair pneumonia.

1993: Em dezembro, nasce mais um descendente: a orca fêmea Nyar, filha de Tilikum com Gudrum. Logo após seu nascimento, Nyar começa a apresentar problemas de saúde. Gudrum tenta afogar Nyar várias vezes ao perceber que ela estava com problemas de saúde. Depois que isso ocorreu, os treinadores tentam colocá-la com seu pai, Tilikum. Os dois se dão muito bem. Tilikum é muito gentil com a filha. Infelizmente, em fevereiro de 1996, Gudrum morre. Depois da morte da mãe, a saúde de Nyar piora. Ela acaba falecendo em 1.º de abril de 1996.

1994: Em 18 de agosto, Nootka tem um natimorto no SeaWorld Orlando cujo pai é Tilikum.

1997: Em 27 de fevereiro, Kalina tem um natimorto, de sexo desconhecido, no SeaWorld Orlando. O pai é Tilikum.

1998: Em 14 de maio, nasce Sumar, uma orca macho. no SeaWorld de Orlando. Sua mãe é Taima e seu pai é Tilikum. Sumar faleceu em setembro de 2010 no SeaWorld San Diego de torção gástrica.

1999: Em 6 de julho, Daniel P. Dukes, um rapaz de 27 anos, se esconde no SeaWorld e espera que o parque feche. À noite, não se sabe por que, o rapaz resolve tomar um banho em um dos tanques. Foi encontrado morto, no dia seguinte, na boca de Tilikum.

1999: Tilikum começou a passar por testes para colhimento de espermas visando inseminação artificial.

2007: Em 12 de março, nasce a fêmea Malia no SeaWorld Orlando. Sua mãe é Taima e seu pai é Tilikum. Malia é uma das poucas orcas mais jovens que conhece Tilikum. Taima, sua mãe, costumava estar junto a Tilikum, e meses após o nascimento, Malia foi apresentada a seu pai. Os três frequentemente eram vistos se apresentando juntos. Malia se deu muito bem com Tilikum.

2010: Em fevereiro, Tilikum mata Dawn Brancheau, uma treinadora de 40 anos. No meio de um show, Dawn se agachou na beira da piscina e se aproximou de Tilikum, quando ele a agarrou e puxou para o fundo d'água. Algumas testemunhas relataram ter visto Tilikum agarrar Brancheau pelo braço ou ombro. A treinadora acabou morrendo afogada e teve o corpo esmagado pela orca, que chegou a engolir seu braço e arrancar seu couro cabeludo. Após o caso, Tilikum foi afastado das apresentações e mantido em isolamento.

2010: Taima teve um bebê orca natimorto. O pai era Tilikum e o sexo do bebê orca é desconhecido. Taima entrou em trabalho de parto em 5 de junho e faleceu devido a complicações em 6 de junho de 2010 junto com seu bebê. Não se sabe se ela realmente deu à luz seu filhote. Jamais foi confirmado.

2011: Em março, Tilikum volta a se apresentar. Uma série de protocolos foram adotados pelo parque: em vez de mãos, mangueiras de água de alta pressão foram usadas para massagear Tilikum e grades de proteção removíveis foram usadas nas plataformas, já que a OSHA restringiu o contato próximo entre orcas e treinadores e reforçou as precauções de segurança no local de trabalho após a morte de Dawn Brancheau. Nos shows, Tilikum fez par com sua neta Trua* e muitas vezes foi visto se apresentando ao lado dela no final do show.

2011: Em dezembro, Tilikum é afastado dos shows após uma doença não revelada.

2012: Tilikum volta a se apresentar em abril.

---

* Além de Trua (2005), Tilikum teve mais 5 netos: Natimorto de Unna (2006-2006), Nalani (2006), Adan (2010), Victoria (2012-2013) e Kyara (2017-2017).

2016: Em meados deste ano, Malia, filha de Tilikum, é reintroduzida ao contato com o pai e passa a maior parte do tempo com ele. Eles também se apresentaram juntos.

2016: Em março, o SeaWorld anuncia que Tilikum estava lutando contra uma infecção pulmonar bacteriana, que ele vinha lutando há um tempo. Ele teve altos e baixos durante a doença, mas ficou bom o suficiente para ser visto brincando com outras baleias e, às vezes, aparecer em shows.

2017: Em 6 de janeiro, é anunciado que Tilikum faleceu naquela manhã. A causa da morte foi pneumonia bacteriana.

Artista plástico

Davi Caires nasceu de frente para o Porto da Barra, em Salvador, Bahia, o que julga ser essa a informação mais pertinente da sua biografia. Multiartista, o único prêmio que ganhou em sua vida foi um par de kichute em um bingo da escola, aos 13 anos. E para seu azar, o tênis não serviu. Formado em música erudita, o artista também participa da escrita de roteiros de filmes e séries, fotografia e artes plásticas. Desde 2018, seu foco de interesse concentra-se nos estudos dos povos antigos, arquétipos humanos e dos memes da internet.

Pesquisadora e antropóloga

Aline Maia é socióloga pela Universidade de Brasília (UNB) e antropóloga doutoranda em Antropologia Social pelo Museu Nacional da Universidade Federal do Rio de Janeiro (UFRJ). Tem experiência em temas relacionados a etnografia documental, antropologia do audiovisual, segurança pública e desigualdades sociais. Desenvolve pesquisas qualitativas e quantitativas nos temas já mencionados. Atualmente é pesquisadora de conteúdo na Globo.

Este livro foi impresso no verão de 2022.